U0127747

莫小米◎著

夜光杯文丛

岁月的智力游戏

文匯出版社

图书在版编目(CIP)数据

岁月的智力游戏/莫小米著. —上海：文汇出版社,2005.6
ISBN 7－80676－792－4

Ⅰ.岁... Ⅱ.莫... Ⅲ.①散文－作品集－中国－当代
②随笔－作品集－中国－当代 Ⅳ.I267

中国版本图书馆 CIP 数据核字(2005)第 028343 号

新民文库·夜光杯文丛·个人专辑

岁月的智力游戏

作者/莫小米 绘图/章衣萍

新民文库总策划/朱大建

责任编辑/杨健英 特约编辑/贺小钢 封面装帧/周夏萍

出版发行/文汇出版社(上海市威海路 755 号 邮编 200041)

经销/全国新华书店

印刷/装订/上海浦东北联印刷厂

版次/2005 年 6 月第 1 版 印次/2005 年 6 月第 1 次印刷
开本/890×1240 毫米 1/32 字数/230 千
印张/10.125 印数/1—6000

ISBN7－80676－792－4/I·146 定价：20.00 元

其实我捡了很大一个便宜(代序)
——莫小米与邹滢颖的一次谈话

邹滢颖：如果意识到我们是同行，要对你的文章进行善善恶恶的评论是很难的。所以我套用一下周星驰的名言吧，"其实我是一个读者"。就从读者的角度来问你。能谈一下少年生活乌托邦式的理想吗？

莫小米：乌托邦很早就没有了，那个年代很多东西非常容易破碎，特别是理想。我的经历在那时是一类人的经历，所以不到一分钟就能说完——生于1951年，与所有的文革"老三届"一样，辍学、下乡、返城。在一家零售商店里过了13年冗长的日子，做着不大情愿做的事，但是对文字的向往却总是有的。小学五年级《小学生作文选》收了我的一首小诗，现在还记得那时很兴奋的感觉。我34岁进了报社之后，才逐渐靠近那个向往。

邹滢颖：你有一副行走在全国副刊的漂亮文笔，密度与精彩都相当稳定。"小米文字"可以在后面加个冒号，让人做名词解释。你是怎样琢磨出这样的形式，乃至于成为一部分人模仿的对象？

莫小米：很偶然的，和我的工作有很大关系。事实上80年代的时候，我就在写，1991年也出了一本散文集，但没成气候。我是报社编辑，

1993年在周末部搞"社会"专刊,领导要求开个小栏目活跃版面,这个栏目叫"游思",由我开头写,想不到就写成个人专栏了。当时全国各地的副刊都在扩版,我那些小文章正好合适。算是应运而生吧。

邹滢颖:刚才说到了你的文章质量的稳定,但从另一面看,稳定表示缺乏变化。你有没有想过变化或尝试其他体裁的写作?

莫小米:想过,超越自己,谁都在想。但有可能还没超越,就把原来的失掉了。找到适合自己的形式不容易,不同年龄段不同职业的人适合的方式也不一样,我觉得这方式恰好适合我。我工作之余只有零星的写作时间,我也不占用别人很多的时间,他站在街角等一个传呼的时候就看完了一篇。这样就有很多人看到了我的文章。我想只有看见了才能说其他吧,意义啊价值啊什么的。

邹滢颖:看你的文章,总觉得是很年轻的人写的,你的读者群大多也是很年轻的人,你这样的心态是怎样养成的,是每天一个苹果吃出来的吗?

莫小米:我并没把写作看成是职业,也不像一些人说的是生命的需要。它只是我不断认识世界认识自己的一种途径,就像每天吃一个苹果。我为自己也为他人打开一扇看世界的新窗口,就有新鲜空气进来,很愉悦,很洒脱,也许就显得年轻了。我想做人也是一样,保持感知方式的新鲜度,保持一种探求的姿势,而不是去教育或训导人家,老想卖弄点什么。我想这就叫年轻。

邹滢颖:我觉得你的小品文最大的特色往往是在末尾,人们要合上书页的时候,往往就感到了吃惊,要停一下,想一想了。你这样旁逸斜出的思维方式是怎么来的? 这些灵光一现的想法是你写着写着就在文字之间衍生出来的吗?

莫小米:讲个故事吧。小时候,我和弟弟去水乡的奶奶家,那地方河流如网，人们只能过桥才能进出村子。那天我和弟弟决定玩个游戏，我们想决不从早晨出村时走的那座桥回村。我们在附近一圈圈地绕，绕到天黑，还是奶奶把我们找了去，我很沮丧地发现，我们回家走的还是出发的桥。我小时候就很迷恋寻找出口，寻找一条新路，直到写文章，那条所谓的思路最好也不是早上刚刚走过的。事实上每个人多去想想司空见惯的事情的另一面，就能发现平凡生活的许多乐趣。当然还有在碰撞下产生出来的火花。读书或与人谈天，若能听到看到闻所未闻的说法，总能让我莫名惊喜。碰到这种情况，我肯定是要"雁过拔毛"的。

邹滢颖：你的文章写情感往往都比较美好，传达着一种阳光般的心境。但躺在沙发怀里的人和走在寒风中谋生的人，看到的世界是不同的。你给了人们一块糖，却被很多长大了的青年和知识精英们拒绝了，你怎么看？

莫小米：我不能要求我的小品文去承担很多东西，比如终极关怀、历史责任，这会很可笑的。我的文章的载体决定了我写作时的用功方向。我不能像方方、铁凝她们那样，可以在一个长篇里展现自己的精神之旅和大哉之问。我对这个世界的看法是它很丰富，充满诱惑，让人迷恋。只要你对它充满希望，它永远不会让你失望，假如你投入一分热爱，它会回报你十分惊喜。我想一个人生活质量的提高不仅仅在于他吃了什么，住的是怎样的房子，物质是很没底的。我想更重要的是他得让自己想得很通。一个人不可能得到他想要的一切，不可能把一生遇到的关节全部打通，但你却可以把它想通。有了通达的态度，你看世界就会两样。我写过一篇《假设幸福》，既然只是假设，那么与其假设不幸福，不如先假设幸福。假设其实就是祈祷。我看到了美好，我就很希望和别人分享。如果说一个人写作也该承担些什么，我想我承担不起大责任，就承担些小责任吧。

一个大学里教心理学的教授,在路上碰到一个人向他求助,说有急用要借两百块钱。他想干脆就做个实验吧,就借了,人家你说肯定碰到骗子了。然而一个月后,那人把钱还了他。两人还做了朋友。想不到过了不久,那人说他要出国,想把自己屋里的一些古董低价卖给他。他一想,嘿,钓鱼了。但他还是买下了那一屋子的东西。后来找专家一评估,远远不止他出的价。

这是件真事。我选择写这样的不受骗的故事,是因为受骗的故事已经太多,报纸上,杂志上。你说这世上已经有很多的防范和不信任,我投一张票给信任方,不去助长不信任的势力,不是挺好吗?

邹滢颖:可是坐在你对面的我因为相信人的一些美好,真真实实地被骗子骗去过钱。

莫小米:是呀,这就更需要大家去培养人和人之间的一种信任。学会以经验和知识去识别骗子,并不妨碍我们信任好人。因为人世间的美好是真实的。我有一次去买菜,看到一个女孩抱了一把芹菜就像捧了一束花的样子走出来,我想多美呀。在女孩的年龄,她可以把所有的东西——芹菜、鲜花、痛苦、欢乐都捧成引人注目的鲜花;而老妇人拿芹菜的姿势就像拿着一柄扫帚,这同样是美的,因为经历了世事沧桑的她已经把生活中所有的东西,包括欢乐、痛苦、鲜花、芹菜都已淡然处置。发现美好的同时会感到惭愧,因为我曾忽略了它们。我跟一位同事到北大荒边陲的一个小山村去,是她30年前插队的地方。我们在小山村的每一户人家都听到他们在念叨当年一个知青女孩的名字,听得我心生妒嫉,谁能当得起如此的幸福?她究竟有多少可爱呢!我对同事说,回到杭州,介绍我认识她行吗?同事说:你不知道吗?她和你在同一幢大楼里工作好几年了,是我们报社校对组的。惭愧之余我想到,在现代都市,你记得一个人的名字是要有充分理由的啊,他若不是个名人,你又无求于他,他也无求于你,你凭什么要记得他的名字? 哪怕近在咫尺,也如同天涯路人。只有边陲小村才可以毫无理由地记住一个人,只因她在那里哭过笑过唱过歌,就记得了她,而且事隔多年、人隔千里,还是记得。

其实我也经常说些不美好的事,报纸上因为导向的缘故不能刊登但让人气愤的事,我也常常把它写出来,揭穿那些丑陋的现象。但是奇怪,很多人,包括我去作演讲时,大学生们也提出了这样的问题。他们就是记住了那些美好的。是不是人们更容易看见、更愿意记住美好的东西? 是不是美好的情感要比丑恶的体积大些,更容易在记忆的筛子上停留?

邹滢颖:你对细节的观察老让我觉得吃惊,你的生活并不那么琐碎,也不太逛街,但你的文章却都是在琐碎里开出花来,是天赋造就的吧?

莫小米:是生活赐予的。生活里一个现象,不同的人会有很多种不同的说法。其实不是我有多少聪明可以去发现什么,正好相反,是生活教会我很多,只要留心,你会看到你周围的每个人都比你聪明,有可以让你学习的地方,从 5 岁小孩到 80 岁老人,都有。将民间智慧吸纳并记下来,你想象不到啊,别人就说你聪明。

邹滢颖:通常人们都会认为悲剧能使人崇高,你老写这样的小品文似乎牺牲了自己成为一位有份量的作家的可能。你怎样看待自己的写作?

莫小米:任何事都有两方面,看起来我似乎牺牲了自己成为一位有份量的作家的可能(其实我作死作活也未必能成为一个有份量的作家),但我也获得了很多,比方说我通过文字找到了许多有着相通的生命信息的人,我们未曾谋面却相互信赖如同老友——这对我是很大的诱惑。我其实不擅长表达,在公众场合尤其不善于说长话,看人家滔滔不绝我总是羡慕得要命。但有想法时又忍不住要说上一句,我的文章,三言两语的,不想竟成了我与社会沟通的桥梁,人们认识了我,我也认识了他们。我周围的人会将他们对生活的感受告诉我,说"这个你可以写的呢"。一些远在天涯的人们,有同性恋者、有生了艾滋病的女孩,他们都会打电话给我,将不能对周围人说的话对我说。这些对我而言,弥足珍贵,让我感到自己生命的价值。如今的都市人看起来很隔膜,其实特别珍视友情、信任这些东西。

我想人们喜欢把作家的头衔放在我的身上,不由我分说。他们常常问:作为一个作家,你怎么怎么样?其实我并不这样看自己,我因为写文章而在人们心目中有了个所谓的形象,其实我与这形象有距离。这是写作带给我的,也可以说,其实我捡了很大一个便宜,不是吗?

目录

错过了什么？

谁来证明爱？

亲又如何？

哪里有座山？

灵魂往哪搁?

我们靠什么成活?

远方有多远?

人心被什么打动了？

人心被什么打动了

一间屋子,一横房梁,一个人,一挂绳,一只小板凳……

我描述给你这么一个场景,旋即,你会联想起什么?

你会想起一个悲剧。是的,要不是真真切切看见了照片,我也会作如此想。

但是我们错了。画面上,梁上垂下来绳子,绳子上挂着凳子,凳子上荡着孩子——这是一架秋千。

秋千又让我们联想起什么?

花园别墅,青青草坪,富贵,闲适,欢快,浪漫……

我们又错了。秋千上的这个孩子,与上述华美的场景毫不搭界。他的父亲前年去世了,母亲早已离开这个家,他是孤儿。

每天,孩子到村支书那儿领一元钱,是他一天的生活费。

每天,他背着个补了很多次的书包去上学。

每天,他做饭给自己吃。

每天,做完了功课,灯下,他荡秋千。

简易的秋千是孩子为自己做的玩具,坐上去,双脚朝屋柱上一蹬,它就荡起来了……

荡,荡,荡……小小的身影,在空空的墙上飞来飞去,他就不冷清了;

荡,荡,荡……绳子在梁上吱呀呀唱歌,他就不害怕了;

荡,荡,荡……荡得心儿忽忽悠悠,一头扎进梦里,也许就看见妈妈了。

这组图片以及相关报道引起的反响是前所未有的,到底有多少人要为孩子买书包,有多少人要捐款,有多少人前往看望,有多少人要提供这样那样的帮助,我这里都不想说了。我想说的是:究竟是什么打动了人心?

眼下数不清的报纸数不清的版面,数不尽的扶贫数不尽的送温暖,孤儿、贫儿、病危儿、失学童、残障童……一个苦过一个,一个惨过一个,说实话我们见多了,我们有点儿麻木了。平心而论,荡秋千的孩子,并非最苦最惨的。

贫穷和眼泪确实叫人生出同情怜悯,却无法真正打动人心。

真正打动人心的是,那架几乎要淡出我们生活的秋千——它载着一个孩子对贫苦日子的顽皮、灵动、诗性的注释,在很多人的心里,荡荡悠悠。

献花的女子

那一天,这个城市的这条街道被鲜花与彩旗铺满了。当伟人乘坐的敞篷车在欢呼声中缓缓行进时,人群中忽然走出一个女青年。并没有谁安排她这样做,她只是下意识地觉得这是她这一生中仅有一次的机会,她的手上正好捧着一束如她的青春容颜一般美丽的鲜花,她勇敢地走上前去,将花束献给了伟人。

这事儿距今已40多年了,40年中从未有人提起,今天我们是怎么知道的呢?

原来那一天,人群中还有一个小青年,他是省报的摄影记者。当女青年突如其来地向伟人献花,而伟人一如往常地展示他那极富魅力的仁慈的微笑时,眼明手快的小青年按下了快门。

在伟人百年诞辰纪念日,这幅照片被多家报纸刊登。同时刊登的还有伟人在不同时期不同场合与他的人民的许多合影。那些合影者如今都纷纷接受采访,发表回忆文章,在这个纪念日中他们都成了新闻人物,唯有那个献花的女青年迟迟不曾露面。

纪念日过去有些时日了。一天晚上,当年的小青年、如今已成为著名摄影记者的老人在家中接待了一位陌生人。陌生人说:我两岁时,我

　　母亲死于一次医疗事故,听我舅舅说,就在此前两个月,她曾向伟人献过花,我不敢肯定你摄下的一定是我母亲,但是,你可以送我一张照片吗?

　　老摄影记者遂了陌生人的心愿。

好日子

　　他是十年前只身去美国的,带着父母苦苦积蓄的几万人民币。

　　刚到就被抢了钱,上完课就啃着面包摆地摊,第一个中秋夜打不起电话,流着泪给家里写信。勒紧裤带过了三年,终于修完学业,有了正式工作。勤勤勉勉又三年,自觉有了经济基础,有了立身之本,便娶妻、生子,营建小家庭。

　　现在十年过去了,他有了一栋别墅,两个孩子,三辆汽车,两份职业,十来万美圆的年薪,还有一家注册的网络公司。接父母前去住过几次,陪父母游历了美国名胜。他自己说,去美国前立下的目标,已经全部实现了。他父母则对人说,儿子在那边,已经过上了好日子。

　　父母虽然年迈,虽然孤单,虽然彻心彻骨地思念儿子,但一想到儿子在过着好日子,心里别提多舒坦了。一生苦苦奋斗,不就是为了儿子能过上好日子么?所以说他们的人生目标,也已经实现了。

　　可是他忽然决定要回来发展。卖了汽车别墅,带着妻子儿女,全家回来。消息传出,有人反对,有人持不同意见,有人不理解,支持他的人,很少。

　　其中最不理解、反对最激烈的,你想得到吗? 竟然是他日益衰老的

我想他是真正过上好日子了，

而且没有白过好日子，

因为他已经领悟到好日子的真正涵义了

父母。父母都是老党员、老干部。

别人的意见他可以不理不顾，父母的疑虑，总是要化解的。他费了很多口舌，从祖国现在经济蒸蒸日上，美国"9.11"后有不安全因素，直说到可以三代团圆，享受天伦之乐等等。说到口干舌燥，父母还是想不通。

父母说，那么千辛万苦远涉重洋去打拼，好不容易站住脚，过上了好日子，回来做什么？

他是我的亲戚，我是他的长辈。我是比较少数的赞成他回国发展的人之一。

他是学理科的，从来听他讲的，也都是些很理性的话。那天却在电话中对我说：实在受不了，看周围的人一个一个，匆匆忙忙捶胸顿足赶回去奔丧的样子。如果在美国一直待下去，这是看得见的结局。可是这层意思，又怎么对父母说啊。

我很感动也很震惊，我想他是真正过上好日子了，而且没有白过好日子，因为他已经领悟到好日子的真正涵义了。

儿子当红军

应该是六十多年前的事了，那天，红军经过了他们的家乡。

两个十六七岁的男孩感到新鲜而好奇，他们走进队伍里去。当然还有个原因，队伍里的人，每天可配给七钱盐、两斤米。

红军要开拔了。他们必须告别母亲。年纪轻轻，不知道离别意味着什么。

不知道，此一别即是永别。

他们的母亲直到瞑目也未知儿子的下落，而我知道。

我是在 21 世纪初，即红军开拔六十多年之后，在黔北一带采访时知道他俩的下落的。

其中之一名王太钊。他可是个非常细心的小伙子啊，黑夜行军，浴血奋战，都没将随身携带的那些琐碎东西丢失掉。那些东西包括——铜元两枚、小钱四个、铅笔一枝、私章一方、铁螺丝钉三颗、银戒指两个、白纽扣四粒。

六十多年前黔北一带曾发生激战，王太钊在战斗中身负重伤，红军转移时他无法行军，被寄养在当地人家。谁知道他寄养的会是一个歹人家呢，他被人用锄头活活砸死，目的只是为了谋他手中的那杆枪。

这一个当了红军的儿子就这样无声地在他乡被草草掩埋,直到许多年后群众举报,当地的革命纪念馆才有了我们所见的那一页错别字连篇的歹人的供词,以及随烈士尸骨一同起出来的那些小物件。因了那枚私章,我们才知道他的名字叫王太钊,才知道这个也许有一点点文化(铅笔)、有一点点钱财(铜元)、有一点点爱情(银戒指)的红军小战士。

另一个当了红军的儿子叫王道金,王道金比起王太钊来要幸运得多。

王道金自家乡出发后,跟着队伍从西南到西北,再从东北直下江南,一步也没拉下地走完了全过程。革命成功后他当了官,他选择了曾经走过的黔北。如今我们见到的年已八十六高龄的王道金,离休前是贵州省遵义地区的地委副书记。

两个儿子的结局天壤之别,两个母亲的境遇却完全一样。王太钊的母亲当然永远也不会知道儿子死得如此悲惨,王道金的母亲同样无法分享儿子迎来和平时的自豪和喜悦。当离乡十八年后王道金终于携媳妇回家时,父母均已病逝。在生命的最后一瞬,她们日夜惦念着的儿子下落不明。

儿子当红军,各各不同的命运只有我们后人为之唏嘘感叹,对于一针一线连夜为儿子缝上内衣白纽扣的母亲来说,她们的命运,都是一样。

改 变

他是一个修自行车的人。他是一个画油画的人。

白天他守着一个修车铺,总是蹲着劳作,看人都得仰起头来。捣鼓完了,一头汗,两手油。用块破毛巾擦一擦,收钱找钱。进出都是小票,叮当响的硬币。

晚上等妻儿睡了,他支起画架,画油画。他没有自己的画室,家里一切陈设都很简陋,但舍得把昂贵的颜料,堆到画布上去。

他是少年时代就爱上画画的。老师夸他很有色彩感觉,鼓励他学油画,就画上了。

这样开始的孩子,很多很多,像他这样一直坚持的,很少很少。

其实他也没有刻意坚持。他曾经好几次搁笔,不是不想画,是画不下去了。

为什么画不下去? 不是因为不热爱,不是因为没了灵感,而是,暂时没钱买颜料了。

他是个优秀的技术工人,车、铣、冲、刨,样样拿得起。所以在工厂破产后,打过零工,做过小生意,最后还是选择了虽然苦些累些、但收入相对稳定的修自行车。

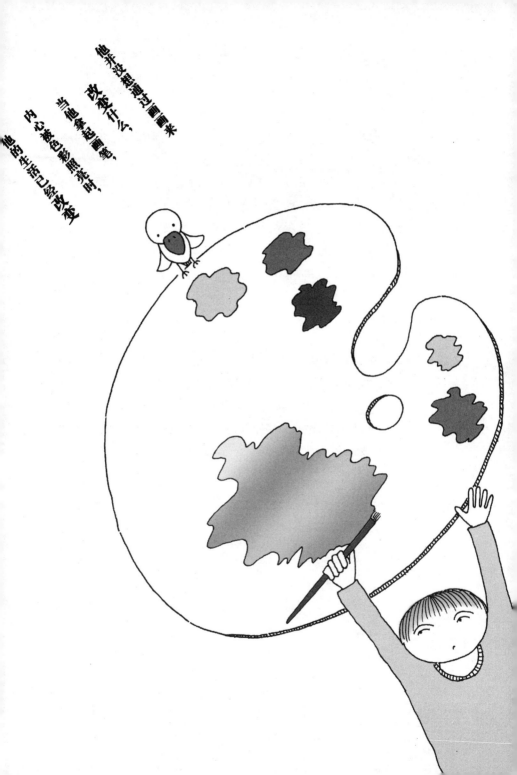

他从没想过去画画，
然後有一天，
当他拿起画笔，
内心被色彩照亮，
他发现自己终於找到

他没钱拜师,技法全靠自己摸索,但一旦看见画展的消息,就会关掉修车铺,换上他惟一的西装,去看画展。

说到这里,估计你的反应会和我当初一样,很想知道,这个把一件事坚持了数十年的人,是否有足够的长进?油画水平究竟如何?或者说更明白一点,他的画儿,参展过吗?得奖过吗?得到权威人士赞许过吗,哪怕是只言片语?卖出过好价钱吗?他因努力改善了自己的生活状况吗?

很遗憾地说,没有,至少目前还没有。尽管他的画看起来不错,但也只是我们外行看看而已。

既然没有,提起这个人干什么?

我想说的是改变。

我们所有的努力都是为了改变现状,跳槽,升迁,事业发展,赚更多的钱,换更大的房,换更好的车……我们因这些改变而产生成功感、成就感。

而他并没想通过画画来改变什么,若是如此他早就不画了。当他拿起画笔,内心被色彩照亮时,他的生活已经改变。

后半部小说

我想这部小说一定十分精彩，要不然，它怎么会让人 20 多岁时读过，直到 70 岁仍然念念不忘？

我想这个读者一定也与众不同，尽管看起来，他平凡到不能再平凡，只不过是个乡村小杂货店的店主而已。

小说刊登在上个世纪 50 年代，一本文学刊物上。因为篇幅较长，分上下两期刊出。他那时中学毕业不久，在铁路建设工地上挖路基，正好得到这本文学刊物，就读了小说的前半部分。

他说，那是一个革命加爱情的故事，壮丽而又凄婉，实在是太感人了！小说中有个女孩，仿佛是"大自然的化身，集中了世上的一切美与好"。这话是他今天说的，70 高龄的他讲起半个世纪前读过的小说，仍然唏嘘不已，仿佛那场如痴如醉的阅读，只是昨天的事情。

可惜的是，小说的后半部他始终没读到，因此他也始终不能知道女孩的命运。60 年代初的饥荒中，人家都在为填饱肚皮犯愁，只有他，还苦苦惦记着几个虚拟人物。他曾写信向杂志社询问，回信说，杂志已经售完了，不过书店里已经有了单行本。

而就在此时，他人生的厄运开始了——小说的后半部尚未看到，生

一个美好的小说前半部，
支撑了阅读者整整的人生后半部——
这是我所见识到的、
文学的最大奇迹

活却一个转折,由理想飞扬的前半部,直接跌入了坎坷磨难的后半部。

也曾自暴自弃,也曾沮丧颓废,好在一切磨难都挺过来了。前不久,在报纸开通的热线求助电话里,在一大堆找工作、求医问药、商品投诉的电话之中,记者接听到了这个与众不同的电话。在讲述了前因后果之后,他耿耿地说:现在我惦记的,仍然是那部小说,我都 70 岁了,很想读完它,了却心头之愿。

当然,待我知道这件事情时,老人的心愿已经实现了。记者费了一番周折,在省图书馆找到了发黄的杂志。

我想,年轻时,热爱文学的他,一定读过不止这一篇小说。

那些读完了的小说,也许都已忘得差不多了。

之所以刻骨铭心地记得这一篇,除了有一个"集中了世上一切美与好"的女孩,是不是还因为,没有得到后半部,留下了深深的悬念?

一个美好的小说前半部,支撑了阅读者整整的人生后半部——这是我所见识到的、文学的最大奇迹。

暖 和

她睡不着。

数羊、服药、练功、运动、心理暗示、改变环境、读乏味的书……想得到的办法都用过了，仍然睡不着。

因而她在某报社与某药品公司联合举办的"失眠征文大赛"中，毫无争议地得了一等奖。不仅是文章写得好，更是因为，失眠的体会实在太深。与失眠的斗争史，实在太长。

这天她从公园散步回来已经很晚。多年来她习惯在睡前走许多路，把自己走累了才尝试睡眠。她踩着秋天的落叶走，一步一个爽脆，心情似乎不错。

睡前，她还习惯看一会儿电视，在几十个频道中，选择一个最难看的节目。平时谈论电视节目的时候，同事们津津有味地说着好看的节目，她都没看过，她看的，都是最差节目。

这天她却被一条晚间新闻吸引住了：

　　北方的草原上，第一场雪灾突如其来地提前降临。牧民猝不及防，他们的牛羊冻死了，他们的帐篷压塌了，他们抱着孩子，挤在一起瑟瑟发抖。幸好政府派去了亲人解放军,还有各界的救灾物资。灾民们领到了厚厚的棉衣、棉被……

镜头里,无边的黑夜和漫天的白雪,人们多么冷啊。她也不由得打了个寒噤。她想也没想就打开柜子,取出一条被子。又取出一条被子。

她的被子是多么美丽、轻柔,温暖的色泽,细软的手感,那是她结婚时的被子。可惜她的婚姻已经结束了,儿子,也跟着父亲过了。

她想也没想就铺好了被子,想也没想就钻进了被窝,想也没想,就睡着了。

醒来已是清晨,她感到无比惊喜。无穷无尽的辗转反侧、似醒非醒的朦胧、离奇噩梦的折磨,那一夜,竟然都消失无踪。

为什么? 她想总结一下成功的经验。是被子吗? 不是。是暖和。昨晚,她在真正的寒冷中,获得了暖和的睡眠。

而以往,她的睡眠都处于寒冷之中。

她那篇获"失眠征文大赛"一等奖的文章,题目就是——《暖和》。

圆 台 面

　　从前的大户人家,都会有一张圆台面。圆台面的直径一般在 1.5 米到 2.1 米之间,最大的达到 3 米多。圆台面是用来吃饭的,十几个人甚至二十几个人,男女老幼,爷孙叔侄,姑嫂连襟,几代人团团围成一圈,同桌举箸。想想看,是何等壮观的情景! 是何等滋味的人生!

　　现在的家庭里已经没有圆台面了,当然,餐馆里有,但那是另一回事,圆台面所搭建的金字塔般宏伟的大家庭结构,已经崩塌了。

　　在这样的前提下,那个男人的做法,才分外地让人钦佩。

　　那是个十分普通的大城市的小男人。要说有什么特长,那就是爱家,爱妻子孩子。

　　人到中年,妻子病逝。男人伤心到无计可施,有人拉他入股市,他就去了。

　　他的手气相当不错,频频告捷,屡屡赚钱。后来企业不景气,他干脆辞了职,一门心思炒股。

　　股市的惊心动魄足以减缓他对亡妻的思念,然而最初的惊心动魄过去之后,他的心又痛起来。再说股市是要开盘停盘的,思念却绵绵无尽。

　　在某一个漫长寒冷的节假日里,他忽发奇想,精心烹制了一桌菜,请岳父岳母,阿舅小姨,外甥侄子,总之妻子娘家的原班人马,一起来吃饭。他本来就有一手烹饪技术,在原单位又是管理食堂的,非常善于把每一个人的口味都照顾到。那一顿,大家吃得非常开心。关键是,他亦体会到了自妻子离去后久违了的温暖情感。

于是就有了下一次,再下一次。是应众人的要求,也是他内心的要求。

男人除了炒股就是钻研做菜,他的餐桌变得越来越吸引人。惟一欠缺的是就餐场地比较局促,正好儿子考上了大学,他干脆作了调整,将家里最大的一间作为餐厅,并定做了一张大大的圆台面。

新餐厅起用仪式上,他说:"以后,看在圆台面的分上,谁都不许缺席。"

都知道在今天,人人都会有应酬,人人都会有饭局,三口之家的小餐桌都会今天缺你明天少他。而这张圆台面周围的人,竟会到得那么整齐,难道它竟有磁力么? 几个平时难得回家吃饭的人,渐渐都变成了圆台面的热情拥戴者。

在家庭变得越来越小、越来越松散的今天,一张圆台面,竟然凝聚起了一个超级和谐的大家庭,真是个奇迹。

由此而来的这个家庭的种种细微变化,就不必赘述了吧。

我是个可以被传染的人

我曾经得过两种传染病，两种乙类传染病。

我此前从未写到过的一个亲人，是我的小姐姐，她三岁时，死于百日咳。

据说她极其聪明，可惜她的父母不是周国平，不能将她的死与痛写成一本书。他们只是向我提起一些零星的细节，说她如何咬破了自己的舌头，那是已经会编一个精彩故事并清楚地讲述出来的舌头啊。父亲说她的舌头破了，医生说你还心疼舌头呢，心跳都已经没了。

等他们把姐姐埋掉再来看我，我也开始剧烈地咳嗽。我五个月大，无知无觉，与姐姐之间惟一的亲密证据就是，她把病传染给了我。她去了，而我被救活。

八岁时，我又被传染了猩红热。这回是被谁传染，我至今都不知道。我只知道我没有再把病传染给别人，当然这不是我的功劳，而是医生。记得我周围所有人，妈妈、医生、护士，一下子变得严肃，他们把我装上一辆车。上车前有同学喊我名字，问我去哪里。他只是来医院拔牙的。妈妈不由分说地赶他走开。

车疾驶而去。我忽然明白疾病的"疾"字，用在这儿，那就是快的意思。

我住进传染病院,也不知是否就是今天市六医院的位置。那时这个地方是乡下,四周开满了油菜花。

那次住院没有给我留下任何痛苦记忆,记得的是护士给我梳辫子,还有她和我一齐唱歌,"麦苗儿青来菜花儿黄……"

倒是妈妈和同学吃了点苦头。妈妈是小学老师,被隔离了一个星期,饭由别人送。我的同学每人都得服药,我的教室乃至整个校园都被消了毒。

百日咳和猩红热,现在它们已经不怎么让人害怕了,可作为急性传染病,它们一定曾让人害怕过,就像时下流行的"非典"那样叫人害怕。

专家说适度的害怕并不是件坏事,我很领会此说的含义,因为我是一个可以被传染的人。

我乐于混迹于人群中,观望人们喜的、怒的、热的、冷的脸,并被他们的情绪所传染。

我乐于面对面地听人讲话,倾听他的经历、阅历、突发奇想以及胡思乱想,并被他的精辟见解所传染。

我还乐于置身某种磁场,参与拍手、跺脚、唱、笑、喊叫,被众人共同酿制的激情所传染。

我是个可以被传染的人,难道你不是?

我们有什么办法不被传染呢,包括爱和笑,感动和起哄,痛苦和疾病,一切都在可被传染之列,谁也无法独善其身,避免传染。

患难与共的意思,大概就是用来描述人和人传染与被传染之群体命运的。

传染本不是一件坏事情啊,只看谁比谁传染得更快了。

2003 年 4 月 20 日早晨,杭州媒体首次报道本市发现"非典"患者。

当天下午,现场直播的卫生部新闻发布会首次披露了北京"非典"的严峻形势。

新闻发布会结束,我下楼,到社区的菜场。我听见所有的人,卖菜的,买菜的,都在讲同一件事情,我的呼吸快窒息了。

这时有个中年妇人用轻松的口吻说:没事的啊。大家看着她。她又说:看,我们小区离医院多近,有病立即去医院,保你没事的。说完沉静一笑。

我立即受到了她的传染。

几天后,我在电视台连线采访的可视电话中见到了她,她在隔离病房里,她正是一个传染科医生。这天她戴了口罩,我无法看见她的沉静一笑,但我再次受了传染。

我是个可以被传染的人,你也是。

就看谁比谁传染得更快了,疾病呢,还是我们的沉静一笑。

说好不分手

在我看来这是当今社会绝无仅有的传统爱情的美丽标本,但当我讲给人听时,几乎所有人都不以为然——

两人都是首都一所高校的本科生。时隔数年,他们的同学中脱颖而出的大牌主持人、获奖编导不在少数,最一般的也在地方电视频道上混了个脸儿熟。而当年爱到令人羡慕令人嫉妒的他和她,却去向不明。

曾经,他们说好不分手。

毕业时她非常幸运地被分配留校工作,而家在外地的他,由于种种原因没得到留京指标。为了和他在一起,她毅然放弃了留校机会,与他一同赴某大城市电视台应聘。

应聘测试时他俩合作的节目做得非常出色,但最后只录用了他。理由是,电视台女士已经太多,需要男性。为了和她在一起,他也毫不犹豫地扭头就走。

他和她一起去找工作。找呀找,有的只要他,有的只要她,最后他俩双双留在了他老家所在地的电视台,是刚刚由县升为市的,新成立的一家电视台。

他俩很能干也很肯干,不久他就成为提升副台长人选,但与此同时,市长的女儿爱上了他。那位女播音员爱起来毫不掩饰,弄得小城里人人皆知。

他与她愤而离去,去了哪里,暂时没人知道。

很有前途的一对年轻人,为了在一起,竟然放弃了那么多,值吗?听完这个没有结尾的故事,大家都这么说。

不久前我从一张地方报纸上读到一条很不起眼的消息,说是某地举行中学生普通话演讲比赛,出人意料地,前三名竟被交通闭塞的贫困山区学生包揽。据悉,那山区中学有一对青年教师夫妇,均为首都某高校毕业生,云云。

心一热,仿佛是接到了那对年轻爱侣的讯息——果真是,爱就爱到底?

错过了什么?

错过了什么

通常我们不会知道,在无谓的忙碌中错过了什么。只有极少例外。

去年夏天,我所在的报纸搞了一次主题为"城市与我"的老照片征文,奖品丰厚,形式新鲜,来稿甚众。检阅着从城市的各个角落浮出水面的发黄的相片,以及它所讲述的、多年以来珍藏在人们心底的故事,一时间,我感觉自己就像一个大富翁。

当然我加倍认真地对待这些照片,无论用与不用,均妥善保管。尤其是拿到制版车间去制作时,我总是跟在一边,捏在手中,不敢稍有松懈。我想它们都关乎一个人,一片情,一段记忆,一节历史,万一有个闪失,我可怎么赔得起啊。

征文在城市的第一张黄叶掉下来的时候结束了。所有的老照片,都陆续回到它们主人的手中,多以挂号邮寄的方式。也有几个特别重视的,坚持要亲手来取回。是拄着拐杖来的,颤巍巍的,有的由子女陪同,打了车来拿。

然后,冬天来临,一个很冷的日子。有位单薄而美丽的女士来到编辑部,说是来寻找她的照片。

我心一惊,难道我竟丢失了照片?

就问,是你父母的照片吗? 不是,是我自己的。什么时候的照片? 前几年的,是彩照。

一听是彩照,我竟暗暗地松了一口气。回想当时的来稿中,确有几件是彩色近照。我只当他们是没搞清征文要求,草草地看一眼,或许连草草地看一眼都谈不上,就搁置在一旁了。我并不以为这有什么失职之处,编辑工作么,就是这样的。

因为不敢确保她的照片是否还能找到,我留有余地地说:也许你的照片,我们根本没收到? 在邮路上丢失了?

不对,我曾打电话给你,得知你已经收到了。

那么也许,征文结束退还你时,在邮路上丢失了?

也不对,我并没有附上地址,你不可能寄还我。

这时我已很心虚,一边在存稿堆里翻找一边问:是幅什么样的照片,是和谁的合影?

她的回答让我又松了一口气:我一个人照的。

我甚至觉得她有点怪。个人的近照,如今谁不是,一叠一叠、一堆一堆,多得放都没处放? 有什么可大惊小怪的?

然而她的执拗令我惊诧:你找一找,再找一找,一定在,一定在你那儿的。

我由失去信心继而有些烦躁,把那些存稿翻来翻去,只为告诉她:你看,没有了。

她却不依不饶:再找找看,只要你没扔掉,一定在的。

忽然她眼一亮:啊,是它! 顺手从大堆稿件中拣了出来。

照片上,正是眼前的人,站在湖滨,长裙飘逸,神情怡然。还附有两页稿子,是用没有格子的纸随意写的,密密麻麻。也许是她心里的一段故事,出于信任,她将它写给了我。

我想再看它一眼,她却迅速把稿子叠好,连同照片一起,装进了她那精巧的手提包里。

她把她的故事交给我长达半年之久,我没有在意,现在还看什么看?

谁说彩色的近照就不值得重视,就不是老照片,就不是关乎一个人,一片情,一段记忆,一节历史?谁说不是?看她如此执着地要找回它的神情,我觉得,仿佛错过了什么。

我错过了什么吗?错过了什么,我已无法知晓。可以肯定的是,我错过了一份信任与期待。

而且是,永远错过。

春光无限

出门时,他和谁都没打招呼。收拾了一个小包,带了一点钱,就上路了。

棉袄脱掉了,大地返青了,蜜蜂蝴蝶都忙碌起来,他和她约定的时辰,也到了。

他以养蜂为业,每年,春光无限的时候,他就出发。人家问:去哪里啊? 他答:有蜜的地方。人家又问:哪里是有蜜的地方? 他答:花儿开盛的地方。

起先他是随父亲去的。父亲过世后,他就独自去放蜂了。他初次见她时,她才16岁,坐在一棵樱桃树下,那是多大的一个樱桃园啊,油绿的叶间,开满了粉色的小花。他与父亲在那儿待了几天。父亲说,樱桃蜜,可是物以稀为贵的。

这一年他20刚出头。之后的好几年,每当春光无限,他就催父亲,还不到那个好大的樱桃园去啊。父亲说,急啥,花还没开盛呢。以至后来父亲要给他娶媳妇,他也脱口而出:急啥,花还没开盛呢。

终于有一年,花儿盛开时,他来到樱桃园,看见枇杷树下的她,怀里有了一个小小的孩子。

这年冬天,他便听从父亲的安排,乖乖地成婚了。

但他还是每年去樱桃园。他与她之间,从来没有过什么表白、承诺,只是每年他来放蜂时,她给他最纯净的水喝,他则请她品尝最纯净的蜂蜜。这本来,只是养蜂人的行规而已。

今年春天,在熙熙攘攘的上海街头,人们发现了一个行动不便神情木讷的老人。如今的社会风气,多么好啊,更不用说正在学雷锋的季节。马上有小学生搀扶他过大马路,到黄昏,又有一女青年问他家住哪儿,最后将他送交警察。警察一番询问,断定他是离家走失。幸好从他的口袋里发现了家庭住址,就将他送上回家的列车。列车员一路悉心照顾,最后把老人送到了家人的身边,家人千恩万谢。

老人于十年前中风,结束了他的养蜂生涯。今年春天,他自觉恢复得不错,于是出了门。他认得路,却不知道,在上海前面两站、可以去樱桃园的那个小站头,现在已经不停靠了。

他更不知道,那一带早已开发成商品房,通了地铁,樱桃园,已经不复存在了。

于是在春光无限的季节,我们只从报端看见了一条"颂扬社会新风、帮助走失老人回家"的报道。

从未美过

　　她与我失掉联系已经三十年，我念念不忘她，是因为她惊人的美。

　　那时我们下乡女知青，吃着杂粮干着田里活，一个个漫无节制地粗壮起来，相比之下，她就显得格外的鹤立鸡群。那时的人没有身高的数字概念，根据目测，她肯定在1.70米以上，她比大多男性的贫下中农个子都要高，可以和我们人高马大的生产队长比肩而立。她又是小脸儿，眉眼秀美，搁今天，不是模特也是演员，一不小心可以成为明星的。

　　可这样的美法在那时就惨了。贫下中农们毫不留情地唤她为"长婆"，他们不无忧虑地认为，"长婆"今后是嫁不出去的，这样的纤细身材会造成生育困难，而且，做衣服太浪费布料了，连聘礼都发不起。

　　所以她后来就变得越来越矮，她很自卑地将头低下去将背躬起来，直到成为习惯。数年后我们返城时，她的美已然消失。

　　还不如，她从未美过。

　　最近我得知一桩笔墨官司，有位老教授在回忆青春岁月时说：别以为我们年轻时总是干革命、搞运动、提倡艰苦朴素，其实我们的爱美之心并未泯灭。于是提及心目中一位美丽姑娘。说她虽然穿着宽大粗布制服，皮带一束纤细的腰身毕现。虽然吃的是革命队伍里的杂粮粗菜，脸上的光泽比今天服养颜胶囊做美容面膜的女孩还要灿烂……老教授说起这些时目光炯炯，略带羞涩，仿佛回到当年。

对于一个耄耋老人，这真是一段美好的记忆啊。没想到变成文字出现在报纸上后，一位老太太颤巍巍地来到报社，她痛心疾首，说根本没有的事情，严重失实，要求更正并赔礼道歉。

什么失实了？美丽。

美丽失实，闻所未闻！

换做今天的女人，只要美丽，哪怕失实也是喜欢的。化妆、整容、瘦身……只要美丽，可以不惜代价。

编辑们不能理解，但还是尊重老太太，给了她严肃认真的道歉，为她正名：她从未美过。

穿越无人区

　　曾经非常地佩服一个女人。佩服她竟敢只身走天涯,不像我们,说说也喜好旅行,但动辄要坐飞机、住宾馆,尤其是不敢单身出门,那多孤单多不安全啊。

　　而她,十几年来,每年走破一双鞋,每年一个惊人计划,去的都是我们想都不敢想的地方。更令人佩服的是,她不像有些人,一行动就要惊动媒体,就要满世界索要签名盖章,就要写书办影展到电视上去喋喋不休,她从不沽名钓誉。

　　前不久她成功穿越了塔克拉玛干沙漠无人区。按说我应该加倍地钦佩她才是,可我却忽然对她不以为然了。

　　因为我无意中从她的一个熟人处了解到,这次她走的时候,家里正乱得一团糟。她的老父亲中风导致半身瘫痪,母亲既要伺候老伴又要照料她的两个孩子,两个孩子之一生下来就是智障,另一个则面临中考。丈夫与她离异好些年了,生意做得旺,一直包着两个孩子的生活费,也仅此而已。

　　这个家是多么需要她啊,她怎能一走了之?

　　可能第一次是因为心里苦、家里烦,她那善良的母亲让女儿出门散

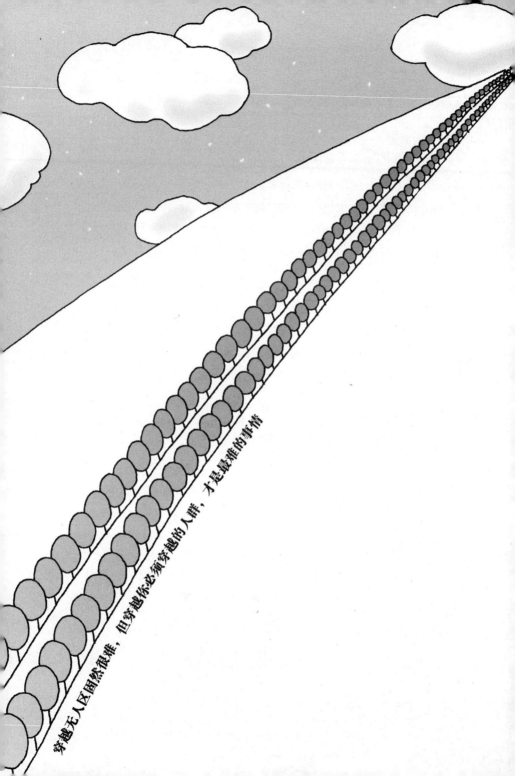

穿越无人区固然很难，但穿越你必须穿越的人群，才是最难的事情

散心，她抛开一切烦恼走向远方。这果然是一帖治疗心创的良药，可没想到的是，从此它也成了她逃避现世的良方。于是，一而再，再而三地，走向远方。一不顺心就走向远方。即使是眼看父母日益老迈、儿女处于成长的关键时刻，她也会做出这样的抉择，义无反顾地走向远方。

与承担最最起码的责任相比，穿越无人区又算得了什么？穿越无人区固然很难，但穿越你必须穿越的人群，才是最难的事情。

仅存的老墙门

这座城里的老墙门房子,在近20年中,基本上都已经改造光了。仅存的,是因为紧挨着风景区,正好在一座名山的脚下,才留到了今天。

在炎热的夏天,电视台在老墙门拍了许多随机的镜头。我看的是毛片。

黑瓦,砖墙,板壁……像从前。

马桶,煤饼炉,小竹椅……像从前。

吊桶,井水,脚盆,棒槌,搓衣板……像从前。

打赤膊的男人,穿花短裤的女人,躺在藤椅上打盹的老人……像从前。

井边相遇,年轻的帮年长的提水;清清早晨,年长的帮大家取回当天的鲜牛奶……像从前。

啁啾的鸟,艳丽的花,盆里爬着的水龟,屋檐垂挂的丝瓜……像从前。

晚餐,家家都将桌椅板凳搬到天井里,边乘凉边品尝。你端碗干菜肉到我桌上,我搛粒烧酒杨梅到你口中……像从前。

在星光下乘凉,男女老少坐拢来,摇着蒲扇,聊着闲话。实在的表达,朴素的心愿,善意的打趣……像从前。

从头看到尾,让我产生了错觉:这些是发生在今天吗？为什么时间仿佛在这里停驻？为什么多年以前的场景仿佛在这里定格？

眼前,又有个熟悉的情节再现。一个小女孩,约四五岁,扎着羊角辫,清新,可爱,大人们起哄:囡囡,给唱支歌。囡囡,给跳个舞。电视上给你放出来。

特写,镜头对准了囡囡,花瓣一样鲜嫩的嘴唇动了动,我以为她要吐出天籁之音。

谁知小嘴动了动,清清楚楚地说:先拿50元奖金来。

她已经知道索要出场费了。我终于如梦初醒,这不是从前的老墙门了。

统计友情

一个中年男人生病住入了医院。

中年男人平日里是个太会为自己盘算的人,工作单位里人际关系搞得一团糟。他也无所谓,他向来不信什么友情。友情吗?都是假的。他说。

但听说他生病,尤其是听说他的病情不轻,同事们还是陆续去医院探望他,把水果、鲜花堆在他的床头,衷心地盼望他能赢了病魔。毕竟,他还年轻。

中年男人这回似乎有些触动,甚至有些感动,这个吝于付出的人从来没收到过那么多。他让家人准备纸和笔。家人以为他要写什么,眼睛都哭红了。谁知他只是为了设计一份表格。表格上排列了所有前来探望者的名字,在名字下面根据探望次数逐个划上正字,就如统计选票似地,统计友情。

其实他统计的目的和性质还真有点类似选票。他表示,病愈出院后,要请一桌客的,请哪些人,就要看统计结果了。

当人越来越虚弱、手越来越颤抖时,那份统计表也已记得越来越满,统计任务也越来越重了。终于他已经无法捏笔,但在清醒时,他还是示意家人做好这项工作。

中年男人死了。人们看到他最后的杰作——友情统计表。统计结果：名列第一的是单位的小车司机，他共得四个正字外加两笔，也就是说，他共来过 22 次；第二位是工会主席，得一个正字外加一笔，计 6 次；同办公室小赵 5 次；所在科室主任 4 次……

就有人说：小车司机是奉命载领导来的，怎能算？工会主席探望病者原是职责，当然多。这统计不准的。

又怎么会准？友情可以品味可以传递可以珍藏，惟独不可以统计。

统计出来的友情，肯定不准。

一个人的同学会

　　他们的同学少年，恰逢社会最动荡的年代，也是选择最多、个人命运最难料的年代。一步之差，往往就是付出了一生的代价。因此分手半个多世纪了，他们从来没有过同学会，也就不难理解。

　　但这并不妨碍青春的鲜亮和浪漫，相反因为报国的热情与救国的责任，使他们更加意气风发神采飞扬，这点可以从他们的毕业合影上清楚地看出来。稚气未脱的长衫男孩和纯真未泯的旗袍女孩，一张张脸上写满"今天是桃李芬芳，明天是社会的栋梁"的表情。

　　半个多世纪以后的一天，当年的一个旗袍女孩看到儿孙辈都在张罗什么同学会，年已耄耋的她忽发奇想，我们为什么不能会一会呢。

　　她草拟了一份意向书，给尚有联系的几个同学发了过去。石沉大海本在意料之中，回信就更让她喜出望外。然而其中也有好几封回信带来的是天人永隔的消息，这，她也早有心理准备。

　　同学约同学，同学的讯息渐渐地多起来。最让她激动的，是联系上了当年她发誓愿跟他走到天涯海角的那个人。那个人眼下还真在天涯海角，但她没跟着走，他们刚毕业就因信仰不同而劳燕分飞。

　　在联系同学的漫长过程中，她为他手织了一件毛衣，织出一只活泼可爱的松鼠,同半个多世纪前她为他织的那件一模一样。他属鼠。他打算在同学会时,送给他。

满世界找同学,一个,一个,终于找到了七八个。发起者觉得,人数似乎少了些,照片上有30多人呢。再说,都已这把岁数,这次相会,是分手后的头一次,很可能也是最末一次。找找看,再找找看。

千辛万苦,又找到一个,她心一凛,当年他曾苍蝇一样粘过她,她说不出有多讨厌他。不过这一切也都随岁月流去了,找到他,她还是高兴的。

会吧,会吧。时间,地点,详尽,周密,连医护措施都想到了,不是吗,一激动,万一,有个万一呢。

预定日子将近,消息传来,老班长摔了跤,中风。还好抢救及时,恢复应该没问题。

老班长缺席可扫兴,等等吧,半个世纪都等过来了,不在乎这几天的。

老班长刚刚可以行动,又生波折,相片上美若天仙的"班花",如今骨质疏松,谁也没撞着她,她就三处骨折了。

真想再看看"班花"！大家一致意见,既然等了,就再等等。

期间作为发起者的老太太也生过一场相当严重的病,她的孙女就帮奶奶打理同学会的诸多事宜。孙女有个同学是记者,对此事很感兴趣,约定到时作个报道,连标题都想好了,就叫:《半个世纪后的同学会》。

等到孙女与记者又一次同学聚会,已经时隔5年。记者问起,孙女叹道:会不起来了。

怎么,奶奶过世了?

那倒没,可他们真不该犹豫,等这个等那个,一个一个找到,又一个一个失去,现在,只剩奶奶一个人了。

现在奶奶不再提起同学会的事，

但我知道她一个人在开着同学会，

无时无刻、

无始无终地会着

那件松鼠毛衣呢?

还好,我及时帮奶奶寄出,那老爷爷穿上拍照,儿孙满堂簇拥着,却刻意露出前襟的松鼠,显见是个能解风情的老人。收到相片,奶奶很开心啊。只是第二年春天,老爷爷也去了。

现在奶奶不再提起同学会的事,但我知道她一个人在开着同学会,无时无刻、无始无终地会着。

过 去

　　他算不上村里最俊的小伙子,却是村里最壮实的小伙子,各种农具家什使唤得最顺溜的小伙子。在"民以食为天"的年代,这是多么重要的择偶条件啊。村里的姑娘大多喜欢他,也就不足为怪了。

　　他的村庄在北部的边疆,当时他已到了男大当婚的年龄,很快就要在那许多中意他的姑娘里挑一个做媳妇,在他看来,她们的条件都差不多。

　　偏偏此时,从南方来了一群知青女孩。她们来自景色秀丽的城市,她们的面容也像花儿一样明艳,把北方的小伙子看呆了。

　　他有意无意地推迟了娶媳妇的计划,他有意无意地在知青面前显摆他的漂亮身手。她们不是"向贫下中农学习"来的么,果然对他很仰慕,很佩服,很崇拜。同时,她们十指纤纤,什么也不会,很需要他的帮助。

　　渐渐地,在漫山遍岭的白雪中,在松木清香的小屋里,他和一个知青女孩有了浪漫的爱情故事,惹恼了村里所有的姑娘。

　　在那个年代,这样的爱情很多,有结果的很少。先是她南方的父母死活不同意,最后,在知青返城大潮中,他们结束了这段无望的恋情。此时他已经老大不小,他的同龄人孩子都上小学了。村里那些姑娘先后都嫁了人,除了其中一位。也许,她未卜先知,预料会有这一天;也许,她真的很爱他。

知青姑娘回来后上了大学,有了体面的工作,嫁了对她很不错的丈夫。后来丈夫移居澳洲,全家都去了。

新世纪之初,当年的知青都已年逾半百。有人发起,众人响应,一趟一趟的知青专列,载着当年的人群,轰轰烈烈地再次北上,时隔30多年,还是兴奋不已。

她从互联网上得知,特意从澳洲回来,她说要参加,一定要参加。她费了很多工夫,为乡亲们一一购买礼物,房东的,队长的,小姐妹的,当然,还有他的。

场面的热闹可想而知,先是相互指认,然后,抱着,跳着,笑着,哭着……

她没有看见当年的恋人,她有一点失望,也仅仅是一点点,她很快被热烈的氛围、热情的乡亲、喷香的麦饼所淹没所裹挟。同时她想,他一定是有事耽搁着,他一定会来和自己见一面的。

遗憾的是一直到行程结束,他也没有露面,她只好将为他买的一件毛衣托给别人转交。

锣鼓喧天,鞭炮脆响,她来了,他怎么会不知道,早好几天就知道了。那会儿,老汉坐在屋里装一锅又一锅旱烟,吧嗒吧嗒地抽;他的老婆,拿个小凳坐在院里拣土豆,她看着他,不许他出门。

他们为此还吵了一架。

这个边疆的小村庄没什么变化,他们基本还像过去那样吃喝拉撒、喜怒哀乐。

因此白雪村庄的恋情,对她,早已成为过去;对他,至今仍然不能过去。过不去。

父亲的故事

　　一开始,的确是儿子错。可那时儿子只是个少年。

　　只因少年太想加入"红卫兵"了呀,他向组织揭发了一个有"历史问题"的老师的藏身之地。老师被揪出含冤而死,而老师正是父亲的至交。

　　来看看儿子为此付出的代价吧——母亲去世时,他远在边疆,父亲没给他一个字。返城后,身为独子的他想尽办法求父亲宽恕而不能。幸好他娶了个贤妻,得知父亲病重后妻子以保姆的身份前去照料。儿子终于能亲手侍候父亲时,父亲却已看不到儿子,老人失明了。不久儿子患癌症先父亲而去,将角膜移植给父亲。儿子带着深深的遗憾走了,因为父亲最终也未能宽恕他。而父亲重见光明四年后逝世,至死也不知自己正是受惠于儿子的角膜。

　　父亲是个性格耿直的老军人,不能容忍背叛行为。可是几十年过去,天大的错都改过来了啊,父亲却执意要让儿子为少年时的过失负重一生。

　　第二位父亲是专门矫正口吃的医生,事业相当成功,为难以计数的口吃患者解除了痛苦。他的三个孩子,因小时候家里患者常来常往,都曾染上口吃的毛病。两个大孩子顺利地矫正过来了,只有小儿子口吃了一生。小儿子灰心丧气自暴自弃，父亲却以冷落的方式来教训他，整整15年没和他讲话。儿子因痛苦而酗酒，不到40岁就患肝病去世了。对患者那么和颜悦色的优秀医生，面对儿子时竟然连起码的耐心都丧失殆尽。

第三位父亲堪称成功父亲的典范，但他说他也有十分遗憾的事。他是农民，他的成功在于将四个孩子中的三个培养成了留美博士，他的遗憾呢，就是还有一个孩子不是留美博士，在家务农并照顾双亲。他满心骄傲地历数那几个博士儿女们的优秀：刻苦、勤快、用功、勇往直前，乃至孝顺、善良、有礼貌、乐于助人。比如说某某"一回国就陪在我身边问寒问暖"，只是对剩下的那一个，在父母日益老迈过程中每天问寒问暖的那一个，只字未提。

他们当然算得上正直的父亲、善良的父亲甚至高尚的父亲，但不知能否称之为伟大的父亲？在我看来，比照母亲的感人故事，父亲的故事更令人心惊，心惊的是父爱中夹带着的一丝冷酷，而冷酷是难以造就健全人格的，这点我坚信。

谁来证明爱?

谁来证明爱

爱,很爱,非常爱——现在什么事情都有个指数了,可以明确地标示程度。爱尚未有指数,爱的程度该如何证明呢?

在贫困年代,证明爱相对容易。他有一碗饭,给她一半那就是爱了;他有一碗饭,一碗都让给她吃,那就是很爱了;他有一碗饭,一碗都给她而自己饿死,那就是非常爱了。

现在呢,送时装送钻戒送汽车送别墅,送到多少才算爱,很爱,非常爱——有个标准吗?

来讲一个男人的爱情吧。

第一次遇见他时,他才30出头。才刚刚结婚。咋一亮相,郎才女貌的一对,给人惊艳之感。

一群人约了去登山,无论有没有成家有没有对象,说好了似的都只是单身前来,惟有他偕妻同行。她比他小很多,学舞蹈的,穿一件蓝印花布的小袄,挽一精致竹篮,掀开,里头装着她做的几样小菜。记忆中她整个人都有种舞台意境。

很快知道他带她来是对的,如果说那天我们不带家人是为了尽量地放松心情和放松行为,那么她比我们还要放松,说笑逗乐无所羁束,发表意见纯真直率,绝对是属丁给人群增添快乐的那一种。

这样的婚姻,除了令人赞美,还有什么好说的呢?

第二次遇见他时,他40出头。有了个儿子,妻子却走了。

发生了什么事吗?他说什么事也没有发生,只是以她的心性,以她的美,她对婚姻的期望值太高,她期待持久的浪漫爱情,像小说像电影里那样的爱情。而做了父亲的他致力营建一份脚踏实地的日子,没法刻意提供源源不断的罗曼蒂克。这样,比他年轻许多的她,丢下家和孩子,恣意外出,寻找新鲜浪漫永不褪色的日子去了。我想这当中也有他一半的责任,宠的。

第三次遇见他时,他50出头,这个年龄该做成的都做成了,该拥有的也都拥有了,算得上功成名就,只是仍然单身。

这十年里钟情于他的女子很多,他也曾经谈及婚姻。不早不迟,他的前妻却在这时发生了意外,脸部烫伤,花容被毁了。

她不想活了,她向来是以美为生活目的的,她向来是任性的。此时惟有他的话起作用。于是他的婚期无限制地后延。他照顾她,使她终于度过最惨痛的阶段,并终于放弃轻生的念头。以他对她的了解,他说:能够做到这样,她已经很了不起了。

他想过再和她携手,她不愿意。但他依旧是她的精神支柱,所以他放弃了婚姻。

我想她的折腾,仿佛是为了一再地要他来证明他对她爱的程度。

爱的程度可以证明吗?

可以,只是代价太昂贵。

揽她入怀是爱;放她飞走是爱;承担一切也是爱。

快乐浪漫是爱;宽容理解是很爱;将责任进行到底是非常爱。

结婚证明

一户人家失火，许多重要东西都付之一炬，包括结婚证。

当时并没觉得结婚证烧掉了会有多大的影响，夫妻照做，日子照过。如果他俩能太太平平地到老，那一纸证明也许真是可有可无的。

问题在于他们过不下去了，他们准备离婚。

孩子的抚养、财产的分割等等一干事情都已协商妥，双双同去办离婚手续那一天，街道办事员向他们拿结婚证明，他们拿不出。他们说：同事、邻居、亲戚、朋友，谁不知道我们是夫妻啊，要什么证明呢。办事员很坚持原则地说：一定要证明，总要先证明"是"，然后才可以证明"不是"，对吗？

两人于是着手来证明"是"。

先找到当初为他俩牵线的"红娘"。"红娘"为他们证明了当年认识、相爱并终于结为夫妻的事实。

又找到两人共同的朋友、一对与他们年龄相仿的夫妇。那对夫妇证明了当年两对新婚小夫妻一同参加蜜月旅行团的事实。

还找到从前的邻居。老邻居证明了那年他们的双胞胎出生、他和她分别当上了父亲和母亲的事实。

最后他们找到了各自所在单位。单位人事处为他们出具了婚姻状况证明。

他们拿着这些证明走进了当初办理结婚登记的主管部门。该部门对以上证明进行了认真负责的审核，终于为他们补发了婚姻关系证明。

为取得这一证明他们花去了好几个月时间，齐心协力——他们很长时间没有这么齐心协力过了——证明了他们"是"夫妻，现在要将彼此的关系改写成"不是"已经非常方便了。

但忽然两人都犹豫起来，不是吗？有那么多的人证明他们是一对夫妻，他们自己何不也再来试着证明一下呢？

般 配

婚姻的缔结,除了其他种种原因外,至少还得符合一个前提——要么相爱,要么般配。

有位学者、教授、博导,68岁亡妻,身板笔挺,头发银亮,走在秋叶金灿的校园里,风度不凡,颇得女生的好评,与青楞男生们的嫉妒。

明的,暗的,有女生爱慕他。半开玩笑的,一本正经的,有女生说要嫁他。教授均婉拒了她们,也并不伤害到她们,只是将她们炽热的情感,小心轻放。毕竟,长长的岁月,不是白活的,他做得非常到位。

这些新鲜活泼的、而且聪慧灵性的女孩,教授何尝不爱她们!他又不是不懂得感情的人。之所以拒绝,是因为,他觉得不般配。

一年一度的教授体检,他被请进了医院。谁也不敢相信,他患了绝症。幸好治得不算太晚,手术后医生说,如他这种情况,预后,平均三到五年。

学生们来探视,女生尤多,泪眼婆娑。教授庆幸自己当初的理智抉择。不是吗?她们都有鲜花铺展的人生,而自己,只有三到五年。

心平如镜,70岁的生日,也是在医院过的,教授的儿女,都在国外。

70岁的生日,黄昏的花园里,他听见哭声。医院里,哭声太多了,但这声音不同,是近乎气绝的呜咽。然后,教授看到了那个脸色煞白的女孩。

女孩才 20 岁,来自农村,父亲去世了,母亲再嫁。女孩患癌病,且是晚期,手术花了一大笔钱后,继父就再也不乐意出一分钱了。

女孩说,明天,她就要离开医院。离开医院,等着她的就只有一条路了。

教授就在这 70 岁生日的黄昏作出决定,拯救女孩,拯救这如花的生命。

他包下了女孩全部的治疗费和生活费。几个月过去,像一盆经过了精心料理的花儿,女孩熬过了生命的危险期,变得美丽而活泼,让教授惊叹的是,她居然还有黄莺一般的歌喉。

女孩的母亲千恩万谢。女孩却一度变得心事重重。教授看出来,她像是在恋爱了,要命的是,自己也好像是在恋爱了。

令教授自己也始料不及的是,当女孩说出"病愈后要嫁给你"之类的话时,他竟然点头同意了。一老一少手挽着手的身影,从此每天的早晨与黄昏出现在花园里,他们的恋情轰动了整个医院。

我毫不怀疑他俩的真情并为之感动,但要请你原谅,我在此时忽然想起了大煞风景的"般配"二字。

要讲般配,教授和他的女学生,原本是更般配一些的。但现在你无法否认他与 20 岁的癌病女孩更般配。他是三到五年,女孩呢,女孩自己不知道,实际上,还不足三到五年。就是说,虽然他们相差 50 岁,但用倒计时法,他和她——同龄。

我们都知道,只要相爱就无所谓般配不般配。现实却往往倒过来——是般配了才敢爱的。

创刊与终刊

上世纪90年代初，一对年轻人将要结婚。有很多的爱，没有很多的钱，想把婚礼办得别致一些，有意义一些，简朴而不落俗套，想来想去，想出一个法子。

他们办了一张结婚报。

结婚报16开，四版，有消息有通讯有专访有言论有照片有漫画，有报眉有报花还有中缝，一应俱全。

那张报纸的创刊词与终刊词，是我写的。

记忆当中那件事我们做得很开心，具体怎么写，十多年过去，说实话我已忘了。

新世纪的第三个年头，又有一对新人要结婚。他们竟然看到从前那张结婚报，想如法炮制。

他们也要我为他们写创刊词与终刊词。这样，我就看到了自己十多年前写的文字。

创刊词——

人生面临无数的交叉，无数匆匆的交会又匆匆的岔离，惟有这一次交叉缔定了一个温馨而美丽的结，一个永远解不开的结。

所以要将它定格，让它成为亘古不变的永恒——今天我们结婚了。

创刊词的标题一个字：《结》。

终刊词无题，只一句话——

一生只需这一期。

我在温习了从前写的文字后情不自禁地说：那时我写得真好啊。

我的意思是，结婚的事，除了这样写，还能怎么写？我试探地对新人说：还用这个版本，行吗？

他们立即否定：那是人家的，而且，是上个世纪的。

一句话提醒了我，就弄了一个新版本。

创刊词——

21世纪的婚姻是如此的奢侈，它需要赴汤蹈火的勇气，忙中偷闲的技巧，以及所向披靡的自信——让我们结婚吧。

终刊词——

一切都已，押在了这一期。

恒久的初恋

北风萧萧,墓地荒凉,一个满头白发的老妇人在一座坟前泪流满面,目光呆滞而悲伤——这是前苏联的一幅油画,画名为:《初恋》。

这幅画的难以招架的震撼力是在读完画名后突然产生的,因了画名与画面的巨大落差。

画家是深刻的,但画家所讲述的"初恋"与现实生活中一位老妇的初恋相比,又逊色了。这位老妇在过去的半个世纪里一直是默默的,现在有了一些知名度,因为中央军委对她的表彰,因为她从 16 岁就开始的直到如今坚持不懈的拥军生涯。

她上雪山哨所,下海防边关,足迹遍布东西南北的军营,送物质,送精神,哪里最危险最艰苦,她的拥军工作就做到哪里。记者非要她算一算。算出来的是,并不富裕的她为拥军总共花去 60 多万元钱;算不出来的是,从少女到老妇的 50 多年的心血与爱。

其实像油画上的老妇人一样,50 年来她也每年要去一座坟前祭奠。坟里面躺着的,是一位年轻英俊的八路军连长。他是她的初恋情人,他与她约定两个月后结婚的,可是他上了前线,一去不还。

听着老妇人的讲述,我的眼前也出现一幅画,这幅画也可题为:《初恋》。

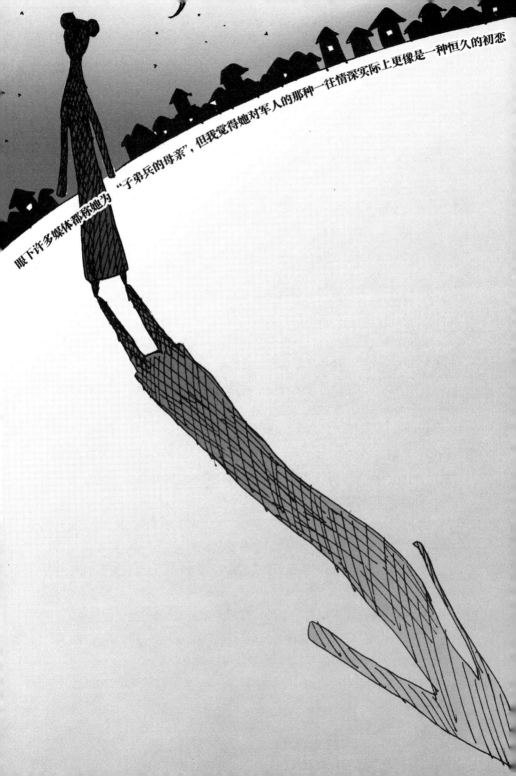

眼下许多媒体都称她为"子弟兵的母亲"，但我觉得她对军人的那种一往情深实际上更像是一种恒久的初恋

　　眼下许多媒体都在报道她的事迹,都顺理成章地将她称为"子弟兵的母亲"。但我觉得她对军人的那种一往情深实际上更像是一种初恋,一种纯情永不变质的、恒久的初恋。

老夫少妻

他是文化系统的一位领导,是从拉二胡、编剧本、组织群众演出这样的事情做起,一步一步地提拔上来的。

他是才貌双全的,人过中年气质不减当年。他的工作决定,周围美女如云,歌者、舞者、模特、主持人……

由于这种种原因,当人们一眼看见他的妻子,都认定那是"二奶"无疑。

妻子比他小13岁,经常担纲当地大型综艺晚会的主持,身材容貌都保持得好,看起来,和他的年龄差距就更大一些。

不过,要真是"二奶",也就不值一说了。

他与新中国同龄,20岁时,和同龄人一样,下了农村。由于他的多才多艺,很快被人民公社的宣传队抽调上去,并立即成了骨干,歌舞编剧,吹拉弹唱,什么都能顶上。

他去的是江南水乡,河网密布。他们出去演出,总是以船为交通工具,演员一船,道具一船,一乡一村地巡回演出,宣传毛泽东思想。

在船上,他就讲故事给他们听,什么巴尔扎克托尔斯泰莫泊桑,他看过很多书啊,他们都听呆了。

其中有个乡下小女孩,是挨得最近、听得最认真的一个,人家听过就算,她还要问这问那,问那些人物为什么这样,为什么那样,把他都问烦了。

当她某一天对他说出"我要做你的老婆"的话时,她 11 岁,他 24 岁,满船的人都笑了,大家都不当真的。当时农村的习俗,再过两三年,媒人就要登门,她就要许人家;而他,公社正在推荐他去上大学,也许永远不会再回到这个地方。

只有他知道这个 11 岁女孩说的是真话,因为她尚未到达能说假话的年龄。

他怎么可能拒绝一个 11 岁女孩,就笑说了句:"好,那我等你长大。"

后来有过多少曲折啊,她父母给她提亲,他大学里的女同学爱上他,他的父母不允许他娶一个乡下姑娘……

但他终于等到了她长大,她 23 岁那年,也就是他等了她 12 年之后,他终于与她携手。

那时他已经 36 岁,他的弟弟妹妹,都早已做了父母。

这本是个已经日渐稀缺的忠贞不渝的爱情故事,到了今天,却在无意之中,赶上了老夫少妻的时髦。

理由够正当

　　某高科技企业有位各方面条件都相当不错的中年男士忽然宣布说，要出国定居去了，去的是一个物质生活极度富裕的国家。

　　如果说是去谋求事业发展的，大家会羡慕他，因为那理由够正当；如果说是赚钱去的，大家会佩服他，那理由也算正当；而偏偏，他是结婚去的——要是反过来是个女人，这倒也不失为一种选择，女人嘛，靠嫁人来改变生存环境天经地义——可他是个男人，这不明摆着是傍富婆吗？平时说起人格什么的还像模像样的呢。大家就忍不住鄙夷他、同情他甚至可怜起他来，猜测他后半辈子大约要去伺候一个丑陋的老女人了。办公室里关于这一话题热闹了好一阵，有人说不值，也有人说值。

　　中年男士也不作任何解释，只是到了临行前一日，请到各位同仁好友，举行告别宴。

　　席间他将新婚妻子介绍给众人，她与他年龄相当，成熟女性的魅力四射。大家很是意外。她十年前漂洋过海，立住脚并挣出一份产业，人到中年感情需要有所依托，事业拓展也需要个帮手。她回来，找到了他。"我们相处得很融洽，"她落落大方地说，"我爱他。"

　　众人鼓掌，真心地为中年男士高兴，从心底里羡慕他。因为他此行

为什么人们会不约而同地，想当然地以为他的理由不够正当，是不希望看到别人的好运气吗

有事业,有爱情,理由够正当。

只是一开始,在无任何线索的情况下,为什么人们会不约而同地、想当然地以为他的理由不够正当,是不希望看到别人的好运气吗?

当然没人肯承认这一点。

情人节的前一天

他 20 岁,他的爷爷 80 岁。他和爷爷住在上海。

爷爷曾是十里洋场上的富家少年,是在别墅花园钢琴的环境里长大的,早年留学给他一口漂亮的英文。爷爷在无数爱慕他的女孩中挑了奶奶,这一决定,不知伤了周围多少美人的心。

他和爷爷一起生活,他的父母则一直在内地。

父母是在很年轻的时候响应国家号召,怀着一腔热情双双支援大西北建设去的。尽管生活艰苦,却也青春无悔。人过中年,才察觉自己已经融不进沿海的繁华,惟一的心愿是儿子可以考上沿海的大学。他很争气,果然就考上了。

父母送儿子来到上海,祖孙三代告别时,千叮咛万叮咛:好好学习,争取出国留学,不要过早谈朋友影响学业。又特别交代爷爷,看好孙子,不要娇纵他。

偏偏孙子也是如爷爷当年一般的潇洒少年,惹女孩子喜欢,丘比特之箭,势不可挡。

年轻人恋爱起来,是瞒不住的,爷爷很快发现了孙子的秘密。意外的是,孙子也发现了爷爷的秘密。爷爷生日那天,居然收到玫瑰花! 爷爷说,送花的阿婆,早已过世,这花,是她的女儿代送的,好多年了。

爷爷对孙子说,不要拒绝爱情,只需要懂得怎样去爱。

爷爷 80 岁了,还是舞厅里惹人注目的"王子"。可这一次,他在舞池中不小心摔了一跤,送医院,由于贻误了诊治,爷爷看样子不行了。

他的父母心急火燎赶到,亲戚小辈一干人,将爷爷团团围住。

已经昏睡好几天的爷爷,最后睁开眼,看定孙子,问了一句:"今天是几号?"

"2 月 13 号。"

爷爷说:"哦,明天就是情人节了。"遂带着笑意离去。

爷爷的话让所有人都颇感意外,只有孙子听懂了,他觉得爷爷真幸福,停留在他最后意识中的,仍然是爱。

魔鬼身材

一条大河波浪宽。

河的两岸,缀着一些小城镇;河的中间,船来船往,交通繁忙。

在一个小城镇,有一天,来了一个女孩,买下临水的一间商铺,开了一家时装店。

小城镇上的时装店不算少,也并非档次很低,但女孩的时装店一开张,还是把所有的同行都盖了。

实在没有办法,同行们说,我们怎么也没法与她较量的——她实在是太美丽了。不过同行也高兴,因为她的加入,周边的店铺都沾了光,人气都旺了起来。

她美到什么程度?美到让人炫目,美到让人猜疑:这样一个上帝精工细作的人,应该是仙女或者公主,如果流落在凡间,则应该在芭蕾舞台上翩翩而起,或者在 T 型台上款款而行,才对。

小城镇保留有许多古民居,前来观光的人很多,越来越多。

女孩被两位搞艺术的人同时爱上了。不幸的是,她也同时爱上了他们两个。

其中一位,是美术学院画油画的,另一位是时装设计师。女孩天生的魔鬼身材,让两人都陷入了疯狂。

油画师说:从此以后只画她一个,一辈子都画不完她。

时装设计师说:从此以后只为她设计,为她设计一辈子。

艺术创作,疯狂状态就是最佳状态,可遇不可求,这两个人的兴奋,以及爱情的癫狂,亦可想而知。

本来,两个男人只是为艺术而爱,即便知道了对方的存在,会不会如此地不能兼容,也很难说。问题还是与艺术追求有关。

有一天,油画师在赞美过女孩的魔鬼身材后建议,你要是再增加体重5公斤,就更符合油画的审美标准了。女孩爱油画师爱到这种程度,果然就为他增了5公斤。

有一天,时装设计师在赞美过女孩的魔鬼身材后建议,你要是再减去体重5公斤,就更符合时装的审美标准了。女孩爱时装设计师爱到这种程度,果然就为他减了5公斤。

终于发生了这种尴尬事情——当油画师要创作一幅送国际大展的作品时,发现她过于嶙峋;而当时装设计师要展示一款最新时装时,发现她过于丰腴——爱情的力量再奇妙,人的体重也不能魔法般地增减。

两个男人同时发现了事情的原委,两个男人同时弃她而去。这还不是最惨的。

最惨的是,当人们终于找到她时,她已经在水面上漂了三天三夜。

一条大河波浪宽,船来船往,交通繁忙。所有过往的人们都以为,那只是临水的时装店丢弃的塑料人体模特——她那魔鬼身材。

最美的语言

有个女人，非常地不同凡响。

她拥有一把年纪、两次离婚的经历，却仍然坚持爱的理想，不愿意屈就于庸碌凡俗的婚姻，要找到真爱的感觉。

在接近四十大关，在她的寻找将要从令人钦佩沦落到使人嘲笑的年龄，她又全情投身于热火朝天的网恋之中。

网恋的外延就大了，天南海北，都在她的网罗范围内。但仅仅是半年时间，她对男性同胞彻底感到失望。她对他们的评价一个字：俗，与现实中一般俗，甚至比现实中更俗。她对女友说，他们开口就问年龄，第二句就是房产存款，去他的。

此后，她的言行一度变得让人费解。

先是频频地打电话给同事：英语"我喜欢"怎么讲？"我的爱好"怎么讲？

过几天是：俄语"我为你歌唱"怎么讲？"我的心情"怎么讲？

过了半个月又是：日语"我愿意"怎么讲？"我很善良"怎么讲？

而且她问起来没完没了，通宵达旦，懂几句外语的同事，都被她弄得烦死了。再看她整日里双颊绯红神魂颠倒的春情少女模样，大家终于发现,原来她是在与异国男子谈情说爱。

她学习外语效率极高,进步神速,单词量与恋情同步递增。这不奇怪,你一句来我一句往那些的甜言蜜语,她一天里要复习好几遍,还得预习再次约会将要使用的词儿。水平提高之快,连对方都觉得是个奇迹。

这样一来,她就能使用好几种外语谈恋爱了,而且交往的程度直接地由外语水平来体现,从生活、工作、经历,到文学、艺术、思想……

而她的秘密也不再是秘密,比如她在学瑞典语了,她的新男友一准就是瑞典人;她在学西班牙语了,她的新男友肯定就是西班牙人。

听说她最近正在办护照,她的男友跨过半个地球前来接她了。有个年轻同事在祝福告别宴上半开玩笑地问她:哪种语言最容易学啊? 她说:最美的语言最容易学。

颇有道理啊——任何语言用于谈情说爱时,都是美的。

新新人类

　　他是一个大家族里的长子，风流倜傥，而且，那时他家里很有钱。

　　可身为长子的他，不想读书，也不想做官。到了该成家立业的年龄，他不成家，也不立业。他拿家里的钱，开了家照相馆。父母以为这个忤子终于想做点正事，白白高兴了阵子。谁知忤子开照相馆的目的，并不是正经做生意，他只想通过照相来寻找女朋友。他认为，光顾照相馆的都是最美的女子，天下最美的女子，都会自动走进他的照相馆里来，他只要守株待兔就行了。

　　他果然是邂逅了许多的美女，也有美女爱他，爱到几乎要嫁给他。问题就出在从他眼皮底下走过的美女太多，延绵不绝，多到他永远也无法辨清最美的那一个。许多的光阴，就这样蹉跎而去。

　　后来他的照相馆被收归国家所有，他仍然留在照相馆里做摄影师，他技术好啊。可不久人家就发现他的思想意识不对。他只是给漂亮女子摄影特别用心，给相貌平常的人拍照就敷衍潦草，显然的小资产阶级思想。这一来他的摄影师资格也被剥夺了。

　　做不成事，成个家过一份平常日子吧，又不。也不是不想，只是仍然坚持非美女不娶。那年头，他出身不好，做的又是暗房的活，薪水低，美女谁嫁给他呀。故终生未娶。

我是在采访一家老年公寓时认识他的。管理人员对我说：我们这儿有位 80 岁的老人，正在热恋中呢。

见到他，是在老奶奶的病榻边。老奶奶一只手挂着输液瓶，另一只手被老人紧紧地抓住。一双枯枝样的手不停地抚摩着一只枯枝样的手，他目不转睛地深情地看着她的眼睛。

等老奶奶睡熟后，他才抽空与我聊了几句。他无限伤感地说，她快死啦，可我真正爱上她才三天哪。他又无限欣慰地说，我一辈子都在寻找爱人，现在，终于把下辈子的找好啦。

从老年公寓出来，忽然联想起新新人类这个名词。我不知道这个名词该如何定义，问同事，说是——自我、另类、反传统、有个性等等。我觉得这个八旬老人倒蛮像所说的新新人类的。不知我是否搞错。

亲又如何？

亲又如何

某张城市报纸上,刊登一则有关亲子鉴定现状的报道。采写的那位记者,看起来是挺乐观的。其一,DNA 鉴定很容易且很准确,无须像从前那样抽取鲜血,只需一根毛发,时间只要两天,认定率达 99.99%。其二,近来做亲子鉴定的逐年增多,根据统计,在委托做亲子鉴定的婚生子女中,结果有 70% 以上被证实为夫妻双方所共有的孩子,似乎皆大欢喜。

可是我所掌握的情况是,亲子鉴定后,家庭多半难以为继,而且,和鉴定结果没有关系。

有位男士,当初追求他那貌美如花的妻子,追得无比辛苦又无比得意。可是儿子 6 岁那年,大概是所谓婚姻的七年之痒吧,男士忽然怀疑儿子不是自己亲生,"那就去做亲子鉴定好了。"妻子是当笑话讲的,他却真去做了,方便么。鉴定结果令男士后悔莫及,儿子当然是亲生,可是妻子与他的亲密关系却彻底完结了。她带着儿子离去,头也不回。

另一位父亲是个博士,因为儿子成绩差,老师常来告状,他不胜其烦。想着儿子一点也不像自己小时候那么优秀,带着疑心去做了亲子鉴定。结果儿子当然是亲生的,但是父子间有了深深的鸿沟,从此再也亲不起来。

我们看到不少非亲生的亲如一家,我们也看到许多亲生的视若陌人。我的意思是,亲子鉴定当然是好事,是进步,尤其在破解刑事案件上可立神功,可是对于家庭来说,它真是毫无用处的东西。甚至可以说,当一个家庭做出了亲子鉴定的选择时,这个你一根枝、我一茎草,多年来辛辛苦苦修筑、经营起来的家庭,已经风雨飘摇。

亲子鉴定,看起来是在鉴定过去,其实是在鉴定当前。

亲子鉴定结果,也许鉴出了曾经的背弃;亲子鉴定本身,却一定是鉴定了当前的背弃。

曾经的背弃,是有着各种原因的,或许可以被爱情融化、被恩情原谅、被亲情弥补的;当前的背弃,已经将家庭最亲密也是最隐秘的一环交与他人之手,鉴定的结果还有什么意义?

不亲如何?亲又如何?

陪她,赔他

在工作中,我接触到这么一类女能人。除了感情,她们可以算得上无所不能。

她是生在小镇的人,初中毕业后到大城市学美容美发,兼做纹眉纹眼线等。她聪明,学得又快又好,20不到就在自己的小镇上开出了美容店,生意极旺,小镇上无人不知。

她是在生意最旺的时候遇上了被称为孽缘的那个他的。这时她除了美容店还拥有旅社、饭店、棋牌馆等。他是外省人,与她一见钟情。她后来说,就像初恋一样。其时她已有丈夫儿子,丈夫是当初父母定下的。她很快和丈夫离了,与她的白马王子生活在一起。

白马王子也是跑江湖做生意的,能说会道,但不知是运气不好还是头脑欠佳,总之老是亏。她既然爱他,就常常将自己赚的钱拿去为他收拾残局,再给他本钱去投资新的生意,不能说他一开始就在骗她,他俩确实是热恋过(我宁愿相信),最浪漫一举是,她关停转让了小镇上所有的产业,与他一起去了他的老家东北。

但是怪了,她在东北同样做得不错,而他在老家同样时运不佳。关键是,以他东北男人的自尊,又不肯成为女人的辅助。于是折腾多大窟

她宁愿他陪她到老，她也赔他到老，那样，就与骗局无关

窟多大。她无奈,做起了"偏门生意"。这是她自己讲的,意即养"三陪女",否则不够填亏空呀。当然,她为此栽了,坐了班房。但她在心里从不怪他。

出来时他去接她。想着久别重逢,她心里充满新娘般的喜悦。其时他与她相爱已有十年,这份爱在她心中,竟然不褪色,不乏味,也算是奇迹了。她为此付出再多也无怨无悔。

可是万没想到,他却在她被关押的短短几个月里移情别恋,而且执意要离她而去。她这才如梦初醒,开始在心里算账。原来十年之中,不知不觉,她已赔出近百万。

照此推测,要是他愿意,她还可以继续赔下去的。

她宁愿他陪她到老,她也赔他到老,那样,就与骗局无关。

现在是他不愿陪下去了,于是她也无法赔下去了。骗局中止,明摆着的好事,她却受不了了。

抢 救

一个医生朋友说起夜间急诊时遇到的一件离奇事。

凌晨,他刚刚空下来想喘口气,一辆急救车揪心的呜呜声由远及近而来。五六位中年男女簇拥着一位老人,"医生,快,快,救救我父亲!"带着哭腔。全体医生护士刹那间紧张起来,立即进入状态。

时间就是生命。以最快的速度将老人在急救床上安置好,以最快的速度将各种仪器给老人接上。医生临床观察,见病人面色发紫,没有脉动,没有呼吸,没有心跳,没有血压,生命的体征为零。

医生判断病人不仅已经死亡,而且已经死亡数小时以上。但当他将此结论对家属说出来后,适才抽泣着的女儿们放声恸哭,几近昏厥。儿子们则怒目而视,口气坚横:"医生,我父亲他没有死,你一定得救活他。"

医生无奈,只得一面努力进行心肺苏复抢救,一面让家属看心脏监护器的显示。这样持续了好久,家属的哭声渐小渐弱,情绪渐平渐定……

医生朋友说:后来才知道,那个晚上,这一位病人,哦,应该说是死者,总共送了四家医院,总共抢救了四次,我接手的,是最末一次。

医生朋友说:我看出来,那些子女也许是极孝顺的,也许不够孝顺,

　　总之他们怀着深深的负疚感,总觉得老父的死是因为自己没照料好。面对一次又一次的死亡宣布,他们不相信那是真的,他们希望奇迹出现,希望老父死而复生,再给他们一次尽孝的机会。这个念头由执拗而变得荒唐,竟然对医生撒了三次谎。

　　医生朋友说:我明明知道病人已逝还是一丝不苟抢救的工作态度终于感动了他们,当他们说出"谢谢你医生"时,我才歇了手。他们也终于对我讲了实话。

　　抢救结束了,并非无用功——你知道,其实我是在抢救他们,我成功了。

女 囚

当她再次回到门前有条小河、屋后有棵大树的老家,她已经离开 40 年,她的眉清目秀的母亲,也已经老眼昏花,白发苍苍。

她像母亲,长得漂亮,有着漂亮女孩共有的幻想。只是家里穷,没读过书。

她离开得多少有些莫名其妙,几个男人路过村庄,一番花言巧语,她就跟着走了。当时她以为,过了晌午就会回家的。

她被从一个地方转到另一个地方,从一个男人手里转到另一个男人手里。离开家多远、多长时间,都闹不清。她病了,高烧,烧得迷迷糊糊。最后被人扔在了路边。

她知道自己要死了,只是不知道自己将死在哪里。她流泪,但仅仅是感觉流泪而已,她已烧得流不出一滴眼泪了。

许多人围着她看,有人出面将她送去了医院。

死里逃生后她才看清恩人。他是个又老又丑又瞎的人,是给人算命为生的,其实就是个乞丐。

她想人家救了自己,总要报答,便问他有没有老婆,然后跟他去了他的家乡。

整个村子的人看见瞎子带回了老婆，都来看热闹，瞎子的老母亲高兴得不得了，张罗着办了喜事。这时她才知道，瞎子也不过 40 多岁，没她想的那么老。

她在那边生了一个儿子，在那边整整生活了 30 多年，才回到娘家。

这条新闻惊动了当地记者，前来拍照采访。采访完她的辛酸经历后问到，这么多年，为什么不回家看看，为什么不捎个音信，以至于老家的人都以为，你早已不在这个世上。

她说，不会写信，那时也没电话，回来，倒是想过，千次万次地想过。可是怎么回啊？婆婆见媳妇年轻漂亮，总觉得我会一去不返，看得紧紧的。

难道，她不让你出门？记者问。

那倒没。我还是可以在村里走走的。但整个村子的人都知道我的来历，只要我一走近村口，不管老人小孩，人人都会把我"押送"回家。

后来，儿子大了些，大概四五岁吧。这时婆婆以及村里人对我放松一些，可是儿子跟得我可紧了，我走每一步，他都跟在后头，我一离开村子，他就大哭着"妈妈不要走"。

这一晃就好多年，儿子大了，日子刚刚好起来，我也攒了点钱，想着可以回趟家看看娘吧，否则真要见不着呢。瞎子又病倒了，躺在床上吃喝拉撒离不开我。我就伺候了他足足八年，他活了 78 岁，唉，我也 50 多了。

这么多年不能回家，她真像是一个囚犯了。而她的囚笼也一直在变化——依次是婆婆、全村的人、儿子，最后，没有人非要囚住她不可了，囚住她的，是良心。

第三者的结局

　　我要讲的这个第三者,她既不像影视剧里的第三者那样美丽、那样温情、那样魅力四射,也不像小报新闻栏里的第三者那样凶残、那样多疑、那样疯疯癫癫。她只是一个普通女子,长相、打扮、性格乃至智商都很普通,就如你我。

　　她成了第三者,是因为她总共就爱上了这么个人。"我不想这样,可事情不由分说噢。"她说。

　　做第三者,麻烦是免不了的。名正言顺的夫人就曾打上门来,当着她诸多同事的面给了她一巴掌。这仿佛是一堂无比生动的现场教育课,让所有目睹者心有所悟——当第三者不光彩,也犯不着,瞧瞧,要身败名裂的呢。

　　之后,日子波澜不惊地过下去。本来,她只是个普通女子,要不是她当了第三者,单位里谁也不会留意她的。很快她过了40岁,而"巴掌事件",距今已经十年了。

　　40岁的她悄然结束了漫长的单身生活,结婚了,生孩子了。她也像所有小母亲那样,絮絮叨叨地谈论孩子,谈论奶粉尿不湿。她变得活跃起来,与女同事的话也多了起来。大家欣慰地说,早知今天,又何必当初,早该找个合适的人嫁了,第三者爱啊恨啊要死要活的,最后的结局还不都是一样,嫁一个人,过一份平常女人的平常日子。

她不大提起丈夫,也没人问起,毕竟在感情上她是有隐痛的,谁忍心去问。

当她的家庭终于亮相时,人们惊讶地发现,她嫁的不是别人,正是十年前她苦恋的那个他,也就是说,她当第三者,给她当成了。这辈子她总共就爱上了这么个人,她如愿以偿了。

第三者的结局能这么好,谁也想不到的。

过一份平常女人的平常日子,日复一日难免平庸、琐碎、乏味,却是第三者的最美好结局。

水落石出

这个水库的水色,是那种令人心醉神迷的晶蓝。

这个水库每年夏天都有人溺亡。

水库建于 30 多年前,水库底下,静静躺着一个村庄。年轻一点的人,已经不知道了。当然,他知道。

他是水库一侧的豪华度假村的老总。他就出生在库底那个山清水秀的小村庄,小村庄里有一个山水流成的深塘,深塘的水,就是那种令人心醉神迷的晶蓝。

十七八岁,他在深塘的边上与村里最美的女孩自由恋爱了。本来一切都会非常美好,被家长们生生拆散的原因,年轻一点的人,也已经听不懂了。只为他是贫农的儿子,而她是地主家的女儿。

女孩爱得非常炽烈,居然投向了那片令人心醉神迷的晶蓝。女孩的爹早被镇压了,女孩的娘不久也郁郁而去,村里就此少了一户人家。

他也很犟,女孩死后一直不愿娶亲。直到村庄被水库湮没,整个村庄的人集体迁移,他才娶了个外乡女子。

所以后来他开工厂赚够了钱,选择到水库边来开发旅游项目,建造度假村,我们就明白他的理由了。但这个理由,外乡女子是不知道的。

度假村依水而建,总经理的办公室,可见青山,可见水鸟,可见那片令人心醉神迷的晶蓝。

今夏大热,今夏大旱,据说破半个世纪之纪录。

缺电,缺水,这个水库也逃脱不了水位急剧下降、几近干涸见底的困境。

临窗而眺,总经理忽然注意到,远远地,一方露出水面的石头。

心一惊,想起许多年前的那个黑夜。他的村庄明天就要被水淹没,村后南坡上的坟,均已迁往高处。而她葬于北坡,她是地主后代又是溺水鬼,没有资格葬南坡的,当然也没人为他们家迁坟。那个夜晚,他最后一次跌跌撞撞爬上北坡,向她道别。他想此去,就再也见不到她了。

而此刻,不会错,一方露出水面的石头,是墓碑——他分明又见到了她!

是夜大雨滂沱,次日气候凉爽,水库恢复了碧波荡漾,员工们的欢呼雀跃扼绝在瞬间,他们看见了他们尊敬的老总,已经溺水身亡。

以貌取人

　　他的父亲生于上个世纪初,是中国最早的留洋学生。那时学成,都要回来的。20出头意气风发的年轻人,回到上海,在一家英国商行里做事。

　　出入十里洋场,他父亲认识了一位绝色女子。可能有一点点风尘吧,关于此,他父亲从未提及,是他从母亲留下的惟一相片上揣测出来的。那相片是母亲16岁时拍的,16岁的眼神,怎么可能那么狐媚那么勾人呢。

　　也许是留洋的父亲有了新观念,也许是深受"茶花女"的影响,总之父亲胆大妄为地违背了家训,擅自在外与"茶花女"结了婚,生下了他——他俩惟一的孩子。

　　一切都与"茶花女"巧合,他未满周岁时,母亲得了肺结核病。婆家派人来,将他带走。从此他在书香门第的大家庭里健康成长。长大后才听说,自他被带走,母亲就没有再见儿子一眼,郁郁而终时,尚未满20岁。不久他父亲又娶了太太。

　　少年时代的他,只能凭着一帧小照片来思念母亲,想象中一个亭亭的玉人,想象中的嫣然一笑让人灵魂不存。

那是因为母亲太美丽，她让我们双方都太失望了

母亲的娘家在上海郊区,三女无子。孙辈中,又均为女孩,惟他一个外孙。有天母亲娘家人来信,说有机会时,想见一见他。

这一天终于被盼来了。他乘坐去上海的火车,在郊外小站下车。母亲的娘家人,说好就在月台上等他。

说好来的是母亲的大妹妹,他的阿姨。

果然不出所料啊,空寂的小站台,他的阿姨,修长、飘逸、与母亲一模一样的眉眼,带着亲切的微笑,款款向他走来,把16岁的他拥在怀里。

而后,一把捧住他的脸:"啊啊,一看就是你。那么像你妈,我那苦命的姐姐。"阿姨呜呜地哭,弄了他一脸的泪。

无须过渡,无须适应,即刻就成一家人了。其实么,早已在心里铺垫了那么久。

阿姨把他带回家,见了外公外婆,见了表姐表妹,表姐妹一个个如花似玉,那亲热就不用提了。后来他婆了她们中的一个,他与他们一直来往直到如今。

如今他已是70高龄,与我讲起这段往事时说:

——见面的场景,完全是我臆想出来的。

——事实是,那天在月台上,虽然空寂无人,我俩却久久不敢相认。在我眼里,我那阿姨又老又丑又胖,也许她不至于如此不堪,但她与我母亲的反差,实在是太大了。她对我没有多少热情,大概我也不似她想象中的英俊少年。她并没有流泪,也没有带我去外婆家。我们只是互留了联系方式,说,见过面了,以后常惦着啊。

——从此我们就没再联系,真正应了以貌取人那句话。

——我想那是因为母亲太美丽,她让我们双方都太失望了。

想走路的老人

　　要真是病弱到完全无法动弹,倒也罢了,她也可以安心卧床接受儿女们的侍奉了。问题出在她虽年近八十,身体各部件却依然硬朗,除了那该死的膝关节。

　　关节炎是她的老毛病,几乎伴了她三十来年,她也渐渐不怎么当它回事儿,到时疼痛,到时红肿,发展到走路有点瘸,她照样接送孙儿买菜做家务,终于有一天,她无法下地走路了。

　　就治,医生说,无法逆转,余生就只能靠人伺候了。

　　老伴早年去世,好在有子女5个。子女说,妈,你操劳了一辈子,真的也该歇着了,我们会照顾你的。

　　但医生接着又说,现在有一种人造关节,换上一对啊,你就可以照常走路,想不想试试? 问多少钱,说大概几万块。儿女都是工薪阶层,又要供孙儿女读书,钱蛮紧张,算过来算过去,劝老人别装了。还是那句话:我们会照顾你的。

　　可老人还是想装,她想走路啊。正好她数十年省吃俭用节攒了几万元,就坚持要装。儿女见母亲坚决,也就依了她。

　　要是花几万元就装好了会走路了,也算是皆大欢喜。但不知是出于什么原因,是医院技术上的问题还是由于老人家年龄的关系,术后伤口总是感染,恢复很慢,反复很多,一直出不了院,一直在追加费用,老人自己的积蓄用完了,就由儿女分摊,直到超出了15万元,看样子仍无休止。

这下问题大了。儿女们来医院没了好脸色,有个媳妇更是指桑骂槐地话说得很难听,路仍然一步也走不了,钱每天都得缴……

更让老人受不了的是,几乎所有知情者都说这事是她的错。都这把年纪了,那么不懂事,那么不替小辈着想,还有几年好活,不会走又怎么了?

内疚、自责、沮丧、伤心万分。当着儿女,她一句话也说不出来,默默地听着数落,背着儿女,她老泪流干。

结局非常惨痛,在某一个黎明,她从住院大楼跳了下去,七楼,无生还可能。

值得注意的是,她并非从自己病室的窗口,而是从走廊尽头的窗口,纵身而去。她住的病室离走廊尽头有七八米远,这么说,她已经会走了?靠着新安装的人造关节?

这是她临死前传达给人们的信息:自己能走路,是何等重要啊,至少,我能选择结束自己,结束你们的厌烦。

地狱般的日子

那天,母女俩就坐在我的面前。

女儿正值花季,无瑕的青春美少女,为什么带着一丝难以掩饰的忧伤?

母亲不过四十出头,并不难看,却让人不忍看,想不出,她经历过多么大的磨难?

中年妇人且哭且诉:十年前一个天打雷劈的日子,丈夫因工伤去世了。三年前又一个天打雷劈的日子,女儿被邻居那个畜生糟蹋了……我好苦命,我的女儿好命苦,身心都受到伤害,发育不正常,将来怎么嫁人,谁会愿意娶她……

且慢,我说,那个罪犯,受到法律制裁了么?

判了,判了三年。前几天放出来了。他没事了,我女儿怎么办? 人家会以什么样的眼光看她? 我女儿的创伤一辈子抹不掉的。我们娘俩,活在地狱般的日子里呀……

因了母女俩令人同情的遭遇,我的几个同事都过来安慰她们。谁知安慰的结果,中年妇人的哭诉声越来越大,而女儿沉默着,始终一言不发。

我们觉得问题有些严重。严重在哪里,我们不知道。

商量的结果,带那个少女去作一番检查,包括生理的和心理的。再作究竟。

检查的结果令人高兴,女孩发育正常,非常健康,身心均健康。

还有更令人高兴的事。体检是由我们一个年轻女记者全程陪同的,女记者发现,离开了母亲的少女,竟然就开朗起来,会讲话了,会出声笑了,还会唱几句流行歌。

最后少女对大姐姐般的女记者讲了心里话,其实,从前的记忆自己已经很模糊了,要不是妈妈老是提起、老是提起……都快忘了。她说,真希望妈妈不要再说那些事了,自己没有理由老是不开心啊。

原来地狱般的日子,正是她的母亲给她的。

一个名字

她并非出身名门,却也算是富庶人家,在上个世纪前页。

她读过书,美丽端庄,性情温婉,有着许多不与人言说的细密心思。所以读书读到后来,冷不丁背叛了家庭,投身革命去了。她的父母,一点思想准备都没有。

她到革命队伍里,一共做过多少事,人们都不得而知。年代久远,也许她自己也记不得了。但她接受了一项秘密任务,从而将一生都献给了她所追求的壮丽事业,是没有疑义的。

在一个漆黑的夜里,在一处陌生的场所,被一位戴鸭舌帽风衣领子立起的神秘的人召见——这完全是我想象的场景,电影小说里都是这样描述的。

我想象她当时一定激动无比。上级交给她的任务是,让她嫁给一个人。上级报出一个名字,那是个如雷贯耳的名字,她早就闻听。从此,她就做了这个人的太太,从假太太,到真太太。这一切,也都像电影小说里的情节。

与电影小说不同的是,后来没有发生什么惊心动魄的事情。她的丈夫,叫那个名字的人,既没被捕,也没牺牲,革命胜利后,也没上北京,甚至没有一官半职,只是个默默无闻的小人物,直到默默地终老。

本来么,作为一个女人,与男人平安相守到老,也蛮好。可是她一直记着半个世纪前那个夜里那个神秘的上级交代她的话:不能打听,不能问,除非他主动对你讲——这是党的纪律。

她恪守党的纪律,从来也没有问过丈夫什么;丈夫呢,也严守党的秘密,从来没有对妻子讲过什么。年复一年,也许他俩都已习惯了。

所以在他们的儿子的记忆中,父母几乎是不说话的。

等母亲也去世后,儿子整理遗物,才发现了,那个如雷贯耳的名字。

儿子的心里好生疑惑,他怎么也不能把如此普通的父亲和如此显达的名字连接起来。

儿子查了资料,征询了有关人员,才知道,在白色恐怖的当时,那个名字曾被敌人重金悬赏,为了掩护,真真假假顶着这名字的人,不下十人。

儿子当即明白,他父亲,只是掩护那个名字的人。但他从来也没有对妻子说明,开始是不能说,后来是不愿说。

于是他母亲的一生就是用来完成了一项任务,与其说嫁了一个人,还不如说是嫁给了——一个名字。

哪里有座山？

哪里有座山

从前有座山,山上有个庙,庙里有个老和尚。

那时我们这些人都还年轻,我们刚刚进报社工作。那时报纸还没扩到这么多版,大家有闲暇有闲心。有一天我们上了那座山,

只记得野花斑斓,野草没径。只记得那老者布履布袜,提篮青菜。只记得他仙骨临风,疾走如飞。引我们来到他的小庙,那庙不知建于何年,断瓦残垣,极简陋破败。然而他心平如镜,气闲神定。

下山后,我们中的一位写了篇游记式散文,见诸报端。香客、游人遂慕名上山,野山芳径,一时红尘滚滚。

我们这些人,年岁渐长,经过各自的努力逐渐成为社会的中坚。当然也参差不齐,有的成了总编辑,有的成了名记者,有的改行成了房地产开发商,也有的仍默默辛勤地做着小编辑。

做房地产商的那位,首先想到了那座山。城市一圈圈扩张,恰已扩到了那座山脚。他在山脚置地盖房,到了要推向市场时,来找报社老友,欲出一大笔钱,以那座山为题搞一次征文。要优雅文笔,要怀旧情绪,千万不要商业味——是的,也许是想起了从前,投笔从商的他,就是这么要求的。

　　我就是那个仍然默默的小编辑,很认真亦很有兴趣地做这件事,请先前写过游记式散文的记者重新上山。他看到那庙红墙黄瓦,金碧辉煌。他看到那老者春风得意,絮絮不休。他了解到,老者曾将那游记式散文复印又复印,在海内外广为散发,由此引来善款无数,用以修缮庙堂,招募弟子,小庙遂有了现在的风光。

　　下得山来,写成应征稿一篇。传真给房地产商看,连称妙文定可获一等重奖,再呈送当年亦上山探庙的总编辑看,总编辑阅此文不由感慨万千,但随即批示:"小庙兴虽兴矣,可获批准? 能否见报? 请有关部门核准。"

　　果然,审稿笺上最终落下"此文不拟刊发"。原来现如今,各处自行酬款,庙宇重复建设,良莠不齐,有关部门只得严格把关,强化验收审批手续,该老者虽屡屡下山,只缘修行未及,目前小庙仍未正名。

　　往事如烟,哪里还有山? 哪里还有庙? 哪里还有老和尚?

同 步

　　有个女人,几乎无人不说她福气好,实在是好,不是一般的好。

　　她本人,家境平平,智力平平,相貌平平,却嫁了个许多女子打着灯笼都难找的优秀男人。她的丈夫各方面都好,人到中年,被岁月雕琢得越来越有魅力,越来越显出能耐,学识增长,官运亨通。他并非刻意要当官,然而提拔的机会总是一再地落到他头上。他的地位高了,她的身价自然也变得尊贵,加上物质生活的优裕,使她保养得体,明显地比同龄人要年轻。

　　难得的是丈夫虽然魅力四射,却并无拈花惹草之绯闻,对妻子和从前并没两样。有社交需要时,也总是带她出门,将她一一介绍给内外宾客。

　　她呢,也很努力,力求与步步高升的丈夫保持同步。最令人佩服的,是她冒着风险,不畏疼痛,丈夫每升迁一次,她就做一次整容手术,眼睛眉毛、鼻子嘴唇、下颌面颊、漂白紧肤、去斑除皱,及至抽脂塑身、隆胸垫臀……总之受尽酷刑而在所不惜,勇往直前。

　　要是丈夫一直把官当下去就好了,可是他说不当就不当了,而且一下就下到底,回复到平头百姓的身份。在他看来,上上下下都很正常,本来,他就不是那么喜欢当官的人。

许多年来男人是头一次这么早、而且这么轻松地回家。

最糟糕的事情发生了。妻子打开门迎接他,他竟以为自己走错了门。哦,对不起。他仔细看了看面前这个陌生的女人,抽身而去。

怎么了? 妻子喊着他的名字,惶惑地说,这是你的家呀。

可是我不认识你,你——我的妻子不是这样的。他的眼前浮现出最初的那个她,自然的、年轻的、不漂亮的她。

奇怪的是,这么多年她和着他节拍的同步改变,他一点一点渐渐接受,却都没有察觉。

现在他不费事地回到了当初,刀刻斧削过的她,却永远回不去了。

时 机

朋友圈里有一对年轻人,是大学时代相差两届的校友。相爱十多年了,如今双双已年过而立,却仍然不谈及婚姻。

长长的过程中,两人的感情起起落落,周周折折。好起来好到一起租房子住,就像一对真正的夫妻;坏起来坏到半年不联系,路遇擦肩而过。

长长的过程中,两人都有过别的异性朋友,为了痛下决心甚至其中一个远走他乡。但当真的人隔千里,又彼此想念得要疯掉,打长途电话直到把钱包打空,一日之内飞机打来回只为看一眼对方。

长长的过程中,他们的同龄人陆陆续续地都领了证照拜了天地结为夫妻,随着婚后平实而安稳的小日子的延展,感情也变得细水长流波澜不惊。只有他俩,仍然不谈及婚姻。

最近一次朋友聚会,趁着他俩这回又好到死去活来,我们几个年长的倚老卖老,开始劝说他们。

苦口婆心,磨破嘴皮,换来他们的回答是:我俩结婚,大概是迟早的事,但是现在,时机还没有到来。

朋友中有一个笑说:说起时机,我最近刚刚看到一条新闻。说是在

是不是要等到双方都没有别的机会了，才算是时机到来呢

洪都拉斯有对新人举行婚礼,新娘 65 岁,新郎已经 104 岁了。新郎在 50 年前就爱上了年仅 15 岁的新娘,半个世纪里两人情投意合,却一直没有谈婚论嫁。婚礼上有人问起如今才结婚的原因,这对新人回答说,只有现在才觉得结婚的时机到了。

有人感慨:104 岁,他们再不抓住这个时机,恐怕就没有机会了。

有人问那对马拉松恋爱的朋友:你们是不是也要等到双方都没有别的机会了,才算是时机到来呢?

他们一怔,笑了。不久,结了婚。

拥抱着你我的宝贝

她说：他是个好孩子，和他哥哥一样。

她说：他只是运气不好，差几分没考上重点高中，进了风气不好的学校。

她说：他很孝顺的。下雨天我乘公交车去戒毒所看他，他一定要我打出租车回去。

她说：他听我的话。为远离他那帮狐朋狗友，我辞了本地薪金很高的工作，带他到外地亲戚那儿打工，他愿意。

她说：他讲义气。人家毒瘾发作，他竟然把自己留的一点儿白粉给了人家，结果人家把他招了出来。

她说：他对我感情很深。我在他哥哥，以及我的亲戚朋友那里都交代过，你们谁也不要借他钱，宁愿我来向你们借。果然，他缺钱了就只向我一个人要，这样我就能控制他。

这是一个母亲的叙述，在 6.26 国际禁毒日前夕。

她的儿子 30 多岁，曾数次进戒毒所。眼下，因向人提供毒品在押。她捎话给公安的朋友：依法量刑，对他才有好处。

曾看到毕淑敏讲，吸毒者的普遍特征是：对人不感激，对物不珍惜，为了搞到毒品六亲不认,不择手段。而这个吸毒者还残存有正常人的情感,显然因为,他有这么一位不同凡响的母亲。

她对儿子的未来仍有信心。她 60 多岁了,还在工作。她希望儿子这次能真正戒断了,然后帮他找份工作,娶个媳妇,过上正常人的日子。这样,她才能休息,才能瞑目。

谈话中,她几次忍不住落泪,又始终狠狠地忍住。

谈话后我的脑子里固执地盘桓着田震的那几句歌:

拥抱着你 OH MY BABY/你可知道我在流泪/是否爱你让我伤悲/让我心碎

拥抱着你 OH MY BABY/你可知道我无法后退/ 纵然使我苍白憔悴/伤痕累累

那是田震《执著》中的最有名的句子,以女声中少见的刚烈沉郁嗓音,表达最无奈最痛切的爱意。拿来描述年轻母亲对怀里的小宝贝,既无甜蜜又无温柔,显然是说不通的。用以描述男女爱情,也显得太重太夸张,如今哪有这么在乎的。

现在,我却在一个 60 岁母亲对 30 岁儿子的爱中,找到了最恰切的诠释。

终点又回到起点

    记得我当年下乡时,我们村里有个出了名的怨妇。她本来是城市人,她的男人到她那个城市当兵,服役期满后留当地工作,恰好是她所在棉纺织厂的车间主任。她和他相爱不久,国家精简城市人员。他思想好,带头响应号召回老家。她呢,爱情至上,义无反顾地跟他来到了乡下。

    后来她就成了怨妇了,口口声声说是被他骗来的,碰到我们,觉得和自己同命相连,就像遇到了知音,说得更加起劲,直至细枝末节。

    怨妇的女儿很看不起母亲的做派,嫁了一个老实的农民,坚忍地承受默默地劳作。后来有机会了,她坚决地进了城,给人当钟点工,一天跑几家人家,把时间塞得满满的。立住脚后,又把丈夫叫出来,给他找个帮人看大门的活儿。赚来的钱,供养一儿一女上学。

    前几年女儿大学毕业,在城里有了工作。女儿白净而苗条,有当年外婆的遗韵,她就一门心思希望女儿趁年轻,找个好人家嫁了,将来弟弟也好有个依靠。她到处托人介绍,也有人看上她的女儿,女儿却总是摇头。

    她问女儿到底怎么想的。她要女儿想想自身条件,说我们出身这样卑微的家庭，就不要想入非非了。

女儿仍固执，她就猜女儿有了自己找的男朋友，这倒也好。可是当她知道那个男孩子竟是女儿的中学同学，是老家乡下的人，她不由火冒三丈。

她给女儿讲外婆的故事，她说你还想走外婆的老路，做那个怨妇吗？

女儿哪里会听她的。

一生坚忍的她终于崩溃，因伤心而变得软弱，原本沉默的，变得絮絮叨叨，直至大病一场，成了真正的老太婆。

她觉得从母亲到女儿，终点又回到起点，她这一生的努力，她的人生意义，全都付之了东流。

最后的交流

亲戚中一位长者病逝时，我正在很远的地方旅行。回来，人早已烟灭魂飞，家人垂泪无语。然而逝者临终的一切却如同亲见，因为那些散碎的白纸片。

是癌症，转移到全身，最后靠鼻饲，无法讲话，脑子却始终是清楚的，痛苦可想而知。

是最普通人，小学文化，一生没有过公职，在小镇上开家小店做小生意。所幸儿女出息，好几个是教师，清贫而孝顺。

一些白纸片上写着歪歪斜斜的字——"吃不下"、"豆沙有甜味"、"鼻子如要喷"、"负担太重"、"追悼会"、"不要借债"……有的像拉丁文一样难以辨认，"枕头"后面是条拖长的曲折的线，儿女们分析半天，认定是个"拿"字。"可是把枕头拿掉?"是的。

另一些白纸片上写着工工整整的字——"喝水"、"吐痰"、"要垫子"、"垫子拿掉"、"叫阿翔(长子)来"、"叫阿茂(次子)来"、"脚酸"、"气闷"、"人难受"……

歪歪斜斜的字当然是病人写的，一旁都注明了"几月几日几时几分"，字迹的分辨率说明了病人那一刻的状况;工工整整的字分明是儿女们写的,他们揣摩出父亲弥留之际的种种要求和感觉,写在纸上,逐一举起让其选择。据说这时他连点头的力气也丧失了,无动于衷就是否定,肯定的,才抬一抬眼。

人刚来这世上时,学会了看,学会了说,又学会了写。

人将从这世上离去时,当他无法说了,幸好他可以写,当他无法写了,幸好他还可以看。

如今提得很多的一个词叫"临终关怀",什么是临终关怀? 给尽可能好的治疗,给尽可能好的照料,够了吗? 现在我见到的是,竭力地与之交流,交流到最后。

"人难受"——让我感慨许久的是看起来旁人最无能为力的这一项,为什么竟要立项? 假若他选择了"人难受",儿女们能有什么法子能让他不难受些么? 也许这一选择本身就可以让他的难受缓解许多吧。

我说他是幸运的,因为他有小学文化程度,假如他是文盲,这最后的交流就无法达成了。更因为,许多诗书满腹、文化水平了得的人,最终并没有得到这样甘露般的交流,最终没人问一问他,究竟要什么。

鞋匠的婚事

住宅小区的小鞋匠已经和居民们混得很熟。当年他被老鞋匠从乡下带出来时才十六七岁,现在十多年过去,都到了要讨老婆的年龄了。

小鞋匠人厚道,技术又好,不仅修鞋,还会做鞋。小区居民有特殊脚型的,都到他那儿定做鞋穿。别的鞋摊从城南摆到城北,哪儿有利可图就到哪儿,也免不了做些缺德生意。只有小鞋匠始终坐在铁栅栏后面的小花坛边,就像用一枚鞋钉钉在那儿似的。

不过讨老婆仍然困难,毕竟只是个鞋匠。附近馄饨铺的打工妹最后也没有嫁给他。

有一次我去修鞋发现鞋摊上坐了一个文静的女子,以为她也是来修鞋的。

后来经常见她坐着,还看见小鞋匠用自行车带着她来来去去,想大概是他的女朋友了。那女子看上去与小鞋匠蛮般配,便希望这婚事能成。

有个休息日北风刮得紧,我买菜回来路过,见铁栅栏上挂了一面淡蓝色的尼龙布,遮住了大半个鞋摊。心想这可会影响小鞋匠的生意啊。绕进去,才发现淡蓝色的尼龙布后面坐着红衣服的女子。原来他是用来

鞋匠的老婆可以缺这少那，怎么可以没有脚

为她挡风的,原来她在如此刮风天还来陪他。看来这婚事是成了。

其实那时候已经成了,我不知道而已。一个鞋匠的婚事,谁会来对我讲。

到夏天我才惊讶地发现,鞋匠的老婆,是没有脚的。

心里莫名地感伤。鞋匠的老婆可以缺这少那,怎么可以没有脚? 本来么,他做得最好的那双鞋,应该是为他的爱人的。本来么,她跟了他,过不上多么舒服的日子,穿一双舒服的鞋是没有问题的,可是……

可是鞋匠应该能给他老婆一双舒服的鞋子吧——都说婚姻也是鞋子。

如果不是这样

女儿说,如果母亲当初不是那么机灵,不是现编现撒了那个谎,那么……

母亲是在读中学时,直接报名参加了抗美援朝的志愿军的,是《英雄儿女》中王芳那样的文工团员。因为部队里来自浙江的兵相对少一些,就有人说起,某某团某某连,有个你的老乡呢。虽说部队大家庭,五湖四海一家人,但对一个女孩子来说,有个老乡近在咫尺,还是觉得心里塌实,就记下了。

回国后,组织上张罗着为一些劳苦功高的军官介绍对象,漂亮的她是逃不掉的。但她心里不情愿这样的嫁法,不知怎的就对组织撒了谎:我有对象了呀。

真的?谁啊?

就是——某某团某某连的。那个老乡的名字她脱口而出。

女儿说,如果父亲当初不是那么执着,不是那么穷追不舍,那么……

母亲经培训后分到部队医院工作。轮到母亲看门诊,号子总是紧张,而就医者个个身强力壮,他们不是来看病,是来看她啊。父亲,当年的那个小兵也混迹于看病的人群中间。她看了一下他的名字,抬起头看

女儿说，

如果母亲当初不是那么机灵，

不是现编现撒了那个谎，

那么……

了他一眼,她是头一次看到他,他瘦瘦黑黑,非常不起眼,而且,从病历上看出来,他年龄还比自己小,她瞬间就否定了他。此时,正在追她的人起码半打,其中有个英俊的营长。

那年春节,母亲回家探亲,回家的第二天清早,敲门声响起。她开门,惊呆了,站在门前的竟是瘦瘦黑黑的那个同乡、那个小兵,原来他也请了探亲假。

女儿说,如果母亲没有选择父亲,那么……

他们相爱并结合,国家困难精简人员时,他们响应号召双双回了他的贫瘠的家乡,务农,生儿育女,过着清贫简洁的日子。

女儿说,如果母亲当初不是那么机灵,撒了个谎,那么她的后半生应该舒服得多,她应该是个高官夫人而不是一个小民……

女儿说,如果父亲当初不是那么穷追不舍,母亲决不可能成为他的妻子,她至少会复员回自己出生的小城而不至于成为一个农妇……

但女儿说,你想象不到他们相处得有多么好,在我们儿女的记忆里,他们从来没有过任何不愉快,你想象不到,他们直到今天还会手牵手立在村口看夕阳……

女儿说,如果不是这样,他们不会这么幸福。

不 懂

日前有一桩离婚案开庭时,所有人都被弄得很累。法官、当事人、委托代理人、亲属、旁听者、记者,都很累。

当事人是一对聋哑夫妇。

那丈夫不懂规范的手语,他的手势只有他母亲懂,就让母亲先翻译给委托代理人,委托代理人再将他的意思转呈给法官。

那妻子倒是懂点手语,她请了自己的姐姐助阵,同样地,她让姐姐先翻译给委托代理人,委托代理人再将她的意思转呈给法官。

这样,法官的每一个问题,都要经过去三次来三次,来回总共六次的转述,才完成一个回合。而且据我们的常识,再清晰的再准确的转述,也是会产生误差、误解的,况且还是聋哑人,还夹杂不规范的手语。

如此难以沟通的夫妇,如此多的理解障碍,这样的庭审,累是肯定的。这样的婚姻,散伙也是必然的。经过三小时漫长庭审,当事人的婚离成之后,到庭的人都这么想。

可是当初,他们恋爱时,想必是很容易沟通的,至少,是不需要这许多人来翻译、来转达的吧。一个眼神,一个微笑,一片花瓣,一柄伞,一杯水,一滴泪,一触手,一抚肩,彼此都是懂的。聋哑又有什么关系,不懂手语又有什么关系,只要有爱,一切都懂。

而分手时,则一定是不懂的,这和他们的聋哑没有关系,和表达能力更是没有一丁点关系。的确聋哑可能导致糊涂,但善言可能造成更大混乱。不见周围许多感情破裂的男女感喟:事情怎么会是这样?当初,他是那么懂我!

失爱时的不懂,与相爱时的懂没有关系。反倒有可能,因为懂过,而变得更加不懂。

商 量

她是在上世纪 50 年代初嫁给他的。那时候,她是梳着两条麻花辫的女学生,他是英俊的解放军营长。

欲嫁未嫁时,他告诉她,乡下家里已经有一个老婆了,老婆还为他生了两个孩子。

他说,他们俩的事,要与老婆商量一下——老婆大他 8 岁,从小带他长大的。

她很生气,哭了,像梨花沾雨。他哪受得了这个,连说算了算了,只寄了一纸解除婚约的证明回家。事情就过去了。

这一桩婚姻长达半个世纪,金婚。新世纪初他们所在的城市晚报征集金婚老人的故事,他俩带着甜蜜的笑容,上了幸福榜。

不久,老爷爷以 90 高龄去世。遗嘱中说,自己的骨灰,要运回故乡去。

老奶奶弄清情况后,抹着泪找到晚报的记者,要记者为自己做主:"50 年的夫妻,50 年的婚姻,他居然要和前妻葬在一起!"

记者也想不通,就去找老爷爷与前妻的儿子。

翻山越岭,儿子将记者带到了母亲芳草萋萋的坟前。

　　老爷爷的前妻,去世已有 30 多年了。当年收到解除婚约的证书后,她没说什么,也一直没有再嫁。只是弥留之际嘱咐儿子,在自己身边留一个空穴,就如在世时,在身边留的空铺。

　　她的墓穴与空穴之间,有一个小孔相通。前妻的儿子说,这是他们乡里的风俗,相通的小孔,称为"商量洞"。他们相信,人死后,也是有事情需要商量的。

　　记者将所见的情景告知老奶奶,老奶奶沉默了。她记起当初,准备结婚时,他曾说过:要回去,商量一下。

　　原来他一直记得这件事。

　　现在,他终于回去,与她商量。

教我如何感动他？

教我如何感动他

电影《一个都不能少》先把年轻的父母们给感动了,感动过后一致说,该带孩子们去看看。然后顾自想象着他们看到那简陋的课堂,那三条腿的桌子,那十多个孩子共喝一个易拉罐的镜头时,他们会怎样地感动啊。也许会感动得流下泪来,也许会把储蓄罐里的钱都捐出去,也许从此就明白了自己的生活学习条件是多么的优裕因而加倍努力……

终于到了双休日,好不容易做完作业弹完琴练完书法的孩子们或兴高采烈或不大情愿地跟着父母走进影院。兴高采烈的那女孩稍小一些,她还以为是一次通常的游玩呢,老早就预备了一大包好吃的。看着吃着喝着忽然立起来说"哎哟我脚都坐麻了",做父亲的只好允许她出去"荡一圈"。这一圈荡了好长时间,父亲出去找时女孩正在喂她的电子鸡。稍大一些的男孩本来与同学去玩足球的,是母亲许诺了比萨饼才不大情愿地来看电影。电影终场时自己深受感动的母亲见儿子毫无反应,忍不住问道"电影怎样",身为小学三年级班长的男孩很老到地说:"不过是个搞笑片。"

无论怎么说电影总是看过了。看过后孩子们无一例外地在父母的指导督促下,回想情节,总结意义,写出一篇让老师和家长都满意的观后感来。但很显然,孩子们没有被感动,大人们的希望落了空。

张艺谋的目的却已达到,他感动了大人们再让大人们带着孩子走进影院,还要怎样?

只是我们凭什么以为,能感动自己的就能感动孩子们? 就像我们的父母从未成功地拿他们的法宝来感动我们。

这是一个传世的困惑。

借助地形

借助地形出奇制胜的事例有过许多,却没有一个叫我如此感慨的。

这是一个普通的母亲。

一个普通的小学教师。

她的一切都因为儿子的触犯刑律而变得不普通起来。

十年前,她24岁的儿子因参与一起出租车抢劫案,进了看守所。

她觉得自己无法再站在讲台上面对学生,就提前退休了。

她认为儿子犯罪,自己有不可推卸的责任,她想尽最大的努力来挽救他,怎么个挽救法,却不知道。

她去看守所,想当面劝导。可看守所高墙森森,连个窗都看不到。她对监管人员说想看儿子,回答是现在不能看。她非常绝望,只能在看守所的围墙外绕圈子。此后有许多个日子,人们都能看到这样的场景——一个羸弱凄苦的妇人,在坚实厚重的高墙下转圈,从早到晚,一圈又一圈。

可是她一次也没有看到儿子。

终于有人告诉她,看守所的旁边有一座山。爬上山去,当儿子放风的时候,或许,你就能见到他。

她上了山,等到了放风的时间,果然,看守所的操场尽收眼底。可是天啊,那么遥远的距离,一模一样的服装,她一双被泪水折损的眼睛怎么也难以辨认,哪个才是儿子呢?

需要说明的是,这是一座北方的光秃秃的山,要换做南方植被葱郁茂密的山,母亲的希望大概也要落空的。她辨不出儿子,可儿子看到她了。他从人群中走出来,大声呼喊着"妈妈",并朝着妈妈、朝着远山的方向,深深地鞠了一个躬。

借助地形,母亲达成了与儿子的沟通。

人和人有太多的沟通方式,面谈,电话,书信,我相信这对母子的沟通方式,登峰造极。

此后长长 14 个月里,她天天登上那座山。有一天风狂雨骤,邻居都说这样的天,看守所不会放风的,她还是去了。不知是不是老天也为之感动,当她在风雨中站了整整一个小时后,天奇迹般放晴,儿子走出牢房,看到一个被淋得湿漉漉的妈妈,站在蓝天的背景下,禁不住放声大哭。

14 个月后,儿子的判决下来了,他将转到正式监狱服刑 16 年。也就是说等他出来,24 岁的男孩将变成 40 岁的中年人。在接下来的日子,母亲没有这样的地形了,但母亲却并不像当初那样忧心那样绝望,因为她早已占据了最有利的地形。

旧报纸

他是一个收旧报纸的人。

常常看见他,踩一辆三轮车,车上坐着老婆儿子,穿行在住宅区。

中午,找块树阴,在地上摊两张旧报纸,老婆打开准备好的饭包,一家三口,就地用餐。

儿子三四岁,淘气得很,老婆边吃边喂。而他总是先吃完了,抹一下嘴,随便拖一张旧报纸看看。看到他感兴趣的,也会大声地念出来:"美国攻打伊拉克啦","大学生杀掉宿舍同学啦"……不管是一个月前的、三个月前的、甚至是半年前的事情,他都是当新闻看的。

有一天他到一户人家收报纸,那家的小孩子长大了,剩下一堆旧玩具,问他收不收。本来他是不收旧玩具的,但一眼看见其中有辆大红色的童车,就想买给儿子骑。儿子还从来没有过玩具呢。人家也蛮好的,听说是这样,就象征性地折了几块钱,把家里所有玩具都给了他。

从此路过的人就可以看见这样的场景:一对小夫妻在整理、捆扎书籍报纸废品,一个圆头圆脑的小男孩骑着童车,绕着父母飞快地转圈。孩子笑声朗朗,大人笑意盈盈。

如此简单的生动,朴素的欢乐,甚至引来了一些摄影摄像镜头。

可惜这样的欢乐没能持续多久。第二年的夏天,小男孩在一个水塘里淹死了。下了几天暴雨,本来低浅的水塘竟然变得那样深。男孩的父母却疏忽了。

小夫妻呼天抢地了一阵,继续收他们的废品。一辆童车,就搁在了三轮车上。

吃饭的时候,仍然在地上摊两张旧报纸,女人打开准备好的饭包,默默地,就地用餐。男人仍然随便拖一张旧报纸,边吃边看。

这天男人看着报纸,忽然号啕大哭,捶胸顿足。

女人也去看。她不识字的,但见旧报纸上,一幅很大的彩色照片——一个圆头圆脑的小男孩骑着一辆大红色的童车,背景是正忙活的父母。

这是半年前的一张旧报纸,他们是第一次看见。

这是他们儿子留在世上惟一的照片。

没有理由

　　城里的女孩和乡下的女孩,在一所县中相遇。

　　这所县中是县里、甚至省里最好的学校之一。所谓最好,指的是它的高考录取率最高,年年排在省里的前三位,在全国都小有名气。

　　所以县中有这样两拨情况截然不同的学生:

　　一拨是从穷乡僻壤的希望小学过五关斩六将考上来的,另一拨是省城里没考上重点高中花重金进来的。城里的女孩和乡下的女孩就这样在县中相遇了。

　　因为学习紧张,也因为别的什么原因,她们平时很少交往,实质性的相遇是在高二的下半学期,在班主任老师的办公室里。

　　乡下女孩哭着向老师陈述:老师,我只能退学了,妈妈病重,爸爸让我去打工,给弟弟交学费……

　　城里女孩也哭着向老师陈述:老师,我只能退学了,我实在是跟不上课程,我怕自己精神要崩溃了……

　　她俩正好是前脚后步来的。老师什么也没说,只是让两个女孩当着对方的面,将各自要求退学的理由重新陈述一遍,然后回去再想一想。

　　两年过去了,现在我可以告诉你们好消息——城里女孩和乡下女孩

老师什么也没说，只是让两个女孩当着对方的面，将各自要求退学的理由重新陈述一遍

都没有辍学,而且都考上了大学。

城里女孩是我一个朋友的女儿,是她把这段往事讲给我听的。

从老师办公室出来后,乡下女孩想:人家是成绩不上去才不得不退学,我成绩这么好,我没有理由退学。

从老师办公室出来后,城里女孩想:人家是迫于经济条件才不得不退学,我经济条件这么好,我没有理由退学。

当然这些想法,是城里女孩和乡下女孩成了好朋友之后才相互袒露的。

小情人

其一：他这天忙，做完手头的活已过了晚饭时间。忽然想起要给她打电话，赶紧拨过去。正好是她接，听到他的声音，就哽咽了，啪地挂断了电话。他赶紧再拨通，来接的却是她的姥姥，姥姥说：饭菜都凉了，等不着你的电话，她饭都不肯吃呢。

其二：她把他历年来送的卡片全都精心珍藏，包括生日贺卡、节日贺卡以及从远方寄来的明信片等。可是有一天她忽然当他的面一张一张恨恨地撕了，边撕边说：我原以为你对我是最好的，原来不是……

其三：他在老地方等她，双眼在她将要出现的方向紧张地搜索。可当她出现在他的视野里时，他装作满不在乎地转过了身，故意不去看她而顾自和身边的人说笑，待她走近才轻描淡写地说：哦，你来啦。

听起来是不是很像在讲情人之间的事？其实不是，那些个他和她都是父母与子女，那些个孩子都还小，大概在十岁以内，多半是独生子女。

都是听同事朋友讲的。其一是同事暑假里把女儿送到乡下外婆家，说好每天晚饭前打电话的，这天错过了时间；其二是一位热爱旅游的朋友，每到一处给女儿寄卡片，惟有一次没寄给女儿寄给了妻子；其三是同事的儿子上小学一年级，每天放学她去接他时的情景。

　　年轻的父母在讲述这些事情时,有许多甜蜜又有一点忧心,口气像是在讲情人似的。

　　这样的"小情人"长到十来岁,所谓的青春期时,通常会与父母有一个格外别扭的过程,也像情人分手似的。

心 软

在公安部门新近破获的一起谋财害命团伙案中,有一个细节引起了我的注意。

据介绍,该犯罪团伙人员大多为中青年男性,惟一的女性非常年轻,貌美如花而心硬似铁,团伙黑老大发现她时,她正将自己非婚生的亲骨肉活活掐死。从此黑老大把她当成掌心里的宝,她也的确利用自身的优越条件为团伙作案立下了汗马功劳。

然而最终为破获此案立下汗马功劳的亦正是这个年轻女人。据介绍,团伙已顺利骗取了那个女老板的信任,只等当晚动手。当晚,女案犯以总经理秘书的身份与女老板同住五星级宾馆同一房间。女案犯得体的谈吐及甜美的笑容让人到中年的女老板卸却了生意人所有的戒心,真可谓天时地利水到渠成。可是当晚却什么事情也没有发生。狡猾的黑老大等到黎明时分不见女案犯的信号,知道事情有变,当即作出转移的决定。但几天后他们还是束手被擒。女案犯投案自首了。

心硬似铁的女案犯,那晚为什么忽然心软?要知道该犯罪团伙两年来的十多起案子中,凡需要她下手的,她从未失过手。那晚究竟出了什么问题?

我看见女案犯的时候,她已成阶下囚,一刀齐短发平底黑布鞋蓝白囚衣素面朝天却依然难掩美丽。问及那晚怎么想的,她说:

"一见那女老板我就觉得她像我认识的某个人,却怎么也想不起来她究竟像谁。晚上,我做好了一切恶毒的准备之后,上床睡觉。她已经先我躺下,就着台灯翻一本杂志。我看了她一眼。她朝我笑了一下,说晚安。我又看了她一眼。这一眼让我突然想起,原来她侧卧着样子很像我的妈妈。妈妈在我五岁那年就死了,那以前我一直和她睡,头靠头地睡。"

"是因为她像你妈妈你就心软了是吧?"我问她。

"不,像我妈妈又不等于是我妈妈,干我什么事。要下手照样可以下手的。可那晚上怪了,我竟然满脑子都是童年的回忆,是的,是五岁以前的。五岁以后我好像就没有了童年,也没有再想起过童年。那晚却回到了有小花小草、有星星月亮、有端午香袋、有外公外婆的童年。似梦非梦,似睡非睡,惊觉时天已大亮。女老板已靠在床头坐着了……"

女案犯在那个早晨投案自首。

无真话可说

　　我们报社的社会新闻部，有一天接待了一个十岁光景的小女孩。小女孩长得挺好看，眼睛转来转去的会说话。

　　女孩是被人从火车站送过来的。她自己说，是专程来杭州找生身父母的。在内地城市她曾有个养父，名叫张某某。张某某十年前来杭州孤儿院认养了她，张某某一直对自己非常好，可惜不久前得绝症去世了。说到这女孩就哭起来，眼泪哗哗，终于泣不成声。整办公室的编辑记者都来安慰她。她才接着讲，养父临死前告诉她，她的生父叫李某某，生母叫王某某，让她到出生地杭州去投奔他们。

　　整个社会新闻部为此忙碌起来，分头为女孩安排吃住，按着所提供的线索联系杭州的福利院以及女孩家乡的有关部门。

　　结果令人吃惊，女孩提供的线索，包括她自己的、养父的、生身父母的姓名，她就读的学校，她的家庭住址，统统是假的。

　　由一位如她母亲年龄的女记者与她谈。女孩又一次大哭，表示自己没说谎。经女记者一再提醒，她才答应说真话。开场白是这样的：阿姨，我不是成心要骗你们，我父母对我不好，不让我读书了，只让弟弟读书，我喜欢读书，成绩也很好的。可他们就是不让我读，两个月前我离家出走,现在身边一分钱都没有……我,我只是想找个地方安身……

女记者同情地表示,将劝说她父母让她继续上学。然而一场忙碌的结果再次证明,女孩又骗了大家。

说真话,这次我一定说真话。在第二个谎言被揭穿后,女孩又哭成泪人儿,又开始讲另一个故事——她说是真话。

最后的结局很不理想,女孩在我们管吃管住几天之后,神不知鬼不觉地溜了。这么小的一个女孩,独自浪迹天涯,真叫人放心不下。

但你千万不要憎恨她说假话,她有真话可说吗?也许她生下来就是遭遗弃的,她一点都不清楚自己的真实情况,她就是靠着假话,那一套又一套日臻完善的假话混到今天的。你应该怜悯她无真话可说。

就如我们时常可见的那些整日里在各种场合说着假话、套话、空话、大话的人,你也不用憎恨他们说假话,你也只得怜悯他们——靠着假话空话混到今天,他已无真话可说。

生于早晨

她给儿子过 4 岁生日那天,儿子仰着小脸问:妈妈,你的生日是哪一天呢? 她愣住了。

她的户口本上有个出生日,她的身份证上也照例有那一串数字,可她知道,那不是自己的出生日,那只是爷爷随便填写的一个数字罢了。因为在当年,缺少了这个数字,就报不上户口了。

当年,知青和"小芳"的故事几乎在全国各个角落悄悄上演,她的爸妈就是其中的一对。爱情最稠密的时候,恰是返城大潮最汹涌的时候,她就在这最不合适出生的当口,来到这世界。

她的爸爸忙着前途,无暇顾及她,做父亲的喜悦了然无痕;

她的妈妈忙着伤心,无暇顾及她,做母亲的幸福荡然无存。

幸亏爷爷奶奶收留了她。从此后,三个人三个家。

对于生日,她一直不太在意,而现在,面对 4 岁儿子的询问,她想给他一个答案。

她去问父亲,父亲答不上来。

她辗转找到母亲,母亲也答不上来。

她找到出生的医院,因年代久远,医院也难查。

　　她几乎走投无路时,偶然地,姑姑说了一席话。

　　姑姑说:那时,我是校篮球队的队员,除了下雨,天天早晨训练。这天回来,爸爸说,快,快,送衣服去产院,你哥也真是,这个时候人都不在。我就在阳光刚刚照进来的病房里,看见了刚刚被护士抱出来的你。是哪一天? 几月几号? 我记不清了。但肯定是在早晨。那天我为了送你的小衣服去,早饭都误了,是饿着肚皮去上课的……

　　她知道答案了。

　　她告诉儿子,妈妈生于一个晴朗的早晨。

　　后来儿子会在每一个有阳光的早晨对她眨眨眼睛:妈妈,生日快乐!

　　这是他们两个人的秘密。

已经很好

他的儿子生下来有智力障碍,看上去,样子也有点怪怪。

他却不像有些父母,将这样的孩子寄养到乡下,或关在家里不让出门。他到哪里去,总是尽量地带着儿子,迎着别人怜悯的、轻蔑的,或是大惊小怪的目光。一路上,他对儿子讲许多话,指着让儿子看这看那,不厌其烦地教他、夸他、启发他。

儿子后来就迷上了画画。一路上所见,回家都能描摹下来,儿子画中的那些人物景物,完全与别人眼见的两样,但,出奇地准确,是本质的准确。

尽管如此,智障仍是智障。儿子无法独自在家,因为生活不能自理;也不能单独外出,因为找不到回家的路。这个儿子,现在已经 20 多岁了。

他也过了知天命,老了。好在下面还有个女儿,女儿是健全的,15岁,在澳洲读书。

多年以来,他从未停止过为儿子寻医问药,希望治疗或改善儿子的状况。亲人、友人、同事也都对此抱以关注,时常给他提供一些讯息、偏方。忽一日他获知一个好消息,说是有一种新的手术治疗方法,效果明显。

但手术是有风险的,任何手术都有风险。他十分慎重,咨询了许多专家。专家说:成功的把握还是大的,术后,你的儿子智商将明显提高,起码能够生活自理;失败呢,失败的话,他连目前的智力也要丧失殆尽。

他与夫人商量了又商量,权衡了又权衡,倾向于做。他们想,等自己也需要人照料的时候,这个傻儿子,谁来照料他呢?

正犹豫,这件事让远方的女儿得知了。女孩就在越洋电话里哭了,又写来一封长长的信。

女孩责问父母:为什么要给哥哥动手术,哥哥现在,不是很好吗?

做父母的震惊了。他们从未想到,自己这么努力,亲友那么热心地为儿子治疗,都是基于一个缘由,这孩子不行,要竭力让他更好一些。

而在 15 岁女孩的眼里,哥哥——很好。从小到大,她对这一点没有疑义。原来真正接受了他的,惟有她。

难怪在哥哥画的所有人物中,妹妹最美。

好梦成真

女孩的家境十分优裕,女孩的父母视她为掌上明珠,女孩的学习成绩从小学到初中一直在班上领先,女孩才十五岁就已长到一米六四,苗条又美丽——无论从哪方面说,女孩都算得上幸运。

有一天老师出了个作文题,把女孩给难住了。

那个作文题是:《好梦成真》。老师说:要写真人真事,不要胡编乱造。

想有的女孩都有了。连本来没刻意想要的,比如班干部的职位,三好学生的荣誉,过年过节时亲戚长辈的盛赞及厚礼,都源源而来。女孩还需要什么好梦?没有好梦,又谈何成真?

双休日的上午,阳光照在女孩的书桌上。女孩苦思冥想着《好梦成真》,想不出,心里有点烦。

钟点工照例准时来她家打扫卫生,照例带来了刚上一年级的小女儿。钟点工的小女儿很懂事,像她妈妈一样不发出任何声音。

那小孩也不是一开始就如此懂事的,第一次来时她把女孩雪白的长毛绒玩具狗捏脏了。女孩的脸色很难看。她妈妈打了她,还不准哭出声。她从此再也不敢走进女孩的房间,最多趁女孩不备躲到门口张望。

有什么办法,女孩的房间太漂亮了,对贫困家庭的小孩来说,诱惑实在是太大了。

这天女孩又从镜子里看见背后那张郁郁寡欢的小脸。心里正烦着,就回头瞪了她一眼。她吓得赶紧走开。

钟点工临走时,女孩觉得有些歉意,随手从桌上抓了两支花铅笔一块巧克力,递给钟点工的小女儿。

钟点工带着小女儿走了。没等走远,就发出一阵尖细的欢呼声,接下来的一句话,让女孩惊心。

那小孩说:"妈妈,今天大姐姐怎么会待我那么好,妈妈,我真像做梦一样!"

女孩流下了眼泪。好梦成真原来是那么简单的事,自己无意的一个小小善举,就让一个小孩好梦成真了。

接吻
之后说什么？

接吻之后说什么

越是热烈接吻的照片，越是难以看清人物的脸。因此伏下一个有意思的谜。

那是半个多世纪前的一个吻。那天日本投降的消息传到美国，人们纷纷走上街头，互相亲吻、拥抱庆贺。在纽约时代广场，一位摄影师拍下一幅照片——一位满身戎装的水兵与一位护士小姐的亲吻。不久这照片被《生活》杂志刊出。

当时的广场上谁也不认识谁，照片刊出后，谁也不知道那两人是谁，也许他俩自己也不甚清楚吧。

直到35年后《生活》杂志才找到了护士小姐。但那位水兵却又过了15年之后才被确认。15年中，有不少人声称自己就是照片上的那个小伙子，但一经考验，护士小姐发现他们全是冒牌货。

其实护士小姐当时根本没仔细端详过水兵的脸，她承认她其实永远也不能完全断定吻她的是谁，那么她是怎样确认的呢？

她聪明地问他们每个人一个问题：接吻之后说了什么？

有的说：我邀请她赴约会。有的说：我向她要电话号码。有的想出更动听的言词……他们全是冒充者。

只有那位叫马斯卡洛的 69 岁的老人缓缓地说:我什么也没说,我只是紧紧地拥抱着她,给她一个长长的吻,然后一句话也没说就离开了。于是他得到了历史的确认。

假冒者们永远想不出这个简单之致的正确答案,一个真正的吻已把当时所要表达的一切都表达了,还需要说什么呢?

藏爱的女人

她已年过半百,一个平常而又平常的女人。

她的青春岁月全都投身到无序无谓的革命中去了,她的中年在上班与家务中疲于奔命,又成了早早退休的小老太婆一个。所有角色都是尽职的,被动的,粗疏的,平庸的,缺少光泽的。

在她的可以写回忆录的上一辈人和前程无比绚丽的下一辈人看来,她这一生,就和白活差不多。

有谁知道,40年前,她就开始爱恋着一个人了。第一次看见他,她少女的心就被震撼了。那个人出现在哪里,她就不由自主地跟到哪里,随他微笑随他忧伤。他鬼魅似地一夜之间消失,她也丢魂般地数月之内憔悴。茶饭不香,思念遥遥无处寄。终于又看到他的身影,已是十来年后。人到中年的她,中邪似地,日复一日去见他。他也不曾与她讲过一句话,他也不曾和她拉过一次手。可她清楚他的一言一行,察觉他的每一丝皱纹每一根白发,甚至与他有关的所有闲言碎语。他去世了,她的爱依然延绵,她依然珍藏着他的一切。

40年,她俨然是一部爱情小说的女主角,缠绵悱恻,相思刻骨,只是无人知晓。

爱可以不要回报,爱却是要有着落的。有一种着落,是让被爱的人知道。还有一种着落,是让天下人都知道。

他是个名满天下的演员。可当他的纪念日来临时,媒体竟然找不全他的资料。他不缺崇拜者,但在他遭难遭劫的日子里,他们都丢弃了他。而她说,我有。她拿出自己的珍藏,世人都惊呆了。照片、剪报、笔记、资料……她拥有他,竟有那么多!

这下,她的爱,天下人都知道。

人们是通过一档收视率很高的电视节目认识她的,叫做《流金岁月》。

只要藏爱,岁月便可流金。

保存长信

　　这封长信非同一般,这封长信生死攸关。它是一个冤死的人在最后的日子里写就。写信人相信,过几年、十几年甚至几十年之后,它终会到达预定的收信人手中,并让自己以及受自己牵连的许多好人的冤情大白。

　　信写好了,现在的难题是,将它藏在哪里?

　　所有保险的地点都是不保险的,所有秘密的地点都是有可能泄密的。火烧、水淹、虫蛀、霉变,更严重的是,提前被人发现。真要是这样,不仅洗冤的希望破灭,活着的亲友也可能遭灭顶之灾。

　　深夜里,他凝望着不久前刚刚做了母亲的年轻的妻子,她那美丽的长睫毛此刻覆盖了含泪的大眼睛。他摇醒她,将严酷的局势和盘托出。他让她读信,并尽快默记下来。当她可以一字不拉地将此信背诵出来时,这封后来改写了历史的无比重要的信,在火中化作了灰烬。

　　第二天他便被逮捕了,一去不返,一年后被定罪处死。

　　与此同时,他的妻子因不愿选择和他脱离关系,也遭遇了流放、监禁。当这个年轻女人在狱中偶然得知丈夫已死的消息时,她似乎被击垮了,她曾经想到死。是那封长信使她活了下来。

在由年轻到老迈的漫长岁月里,每天每天,她都要反复默诵那封信,以至于滚瓜烂熟倒背如流,有几次于无人处她不由自主地默写出来,随即又惊恐地将它撕得粉碎。

其间她也与一位理解和同情她的男人相爱、结合并生下一儿一女,但无论什么都不会影响那封长信在她心中的妥善保存。

到了今天我们后人都能知晓这封秘密长信的内容时,故事的结尾其实已可想而知。当申述的时机终于到来,她持信四处奔走。她成功了,当然,他也成功了。在离他冤死半个世纪以后,几乎全世界的媒体都报道了这条消息:1988年2月4日,苏联最高法院全体会议作出决议,撤销1938年3月13日苏联最高法院军事庭对布哈林等人的判决,确认他们无罪而终止对该案的审理。

现在我们已经知道了,这位令人尊敬的女人是前苏联《真理报》的主编、共产国际执行委员会主席布哈林的妻子拉林娜。

这个故事的关键在于对一封信的妥善保存,真的,哪里还有更好的地方呢? 它是保存在一个人的记忆里,保存在心中,保存在爱中,保存在生命中。

同时这封信也在拉林娜的生命中注入了坚强,可以说它支撑了她的一生。

爱的忠诚

在当年那一群热爱写诗满脑子似梦似幻念头的女孩子中,她属于最幸运的一个。首先她长得美丽而飘逸,就像诗一样;其次她写诗成绩斐然,得过很多奖项包括一些令人瞩目的大奖;最重要的是她还得到了在女友们看来无与伦比的美满爱情,那忠诚与浪漫的爱情,也像诗一样。

然而纵是如诗如画也拗不过岁月,在二十年后的一次老友相聚中,很多人暗自感叹:她竟然这么老了么? 真的难以想象,看上去老得特别明显的,就是先前那个最美丽最幸运的女孩。

聚会结束后她的几个最知心的女友悄悄对她说:其实你并不老的,你看你一点没发胖,身材仍旧那么苗条,脸上也没啥皱纹,连脖子都很光洁,不像我们非得穿立领,你其实就吃亏在头发上,用个假发吧,约个时间,我们陪你去试,你可以年轻十岁,也许还不止十岁呢。

她下意识地捂住了头顶,那头发历历可数,几乎快脱光了。

但当她与女友们按预定时间在一家商厦门口集齐时,她的主意却改变了,说随便逛逛吧,假发不买了。怎么劝说也无效,她简直冥顽不化。女友只能猜想,是她的丈夫不同意买。

果真如此,她招供。他说她无论变成怎样在他眼里都是美的,他以

当失去了爱也无需忠诚的时候，

她才有了许多美丽的假发

爱的忠诚起誓。他提到这样的高度,她便也不能自行其是了,难道她怀疑他的忠诚么? 或者,是她对他的忠诚打了折扣么? 若都不是,又要假发做什么呢?

当时他和她都没想到,忠诚爱情若是非得以美丽为代价,也许对双方都是失算的一着。

数年后一个寒冷的冬日,女友在大街上遇见她,一时几乎认不出她来。她一身深色长大衣,一头棕色卷发披肩,年轻而华美。然而对着昔日女友,她几乎掉下泪来。她说丈夫竟被一个满头秀发的女子勾引而去。当失去了爱也无需忠诚的时候,她才有了许多美丽的假发。

猜谜的女人

她是我的女性长辈中特别厉害的一位。

改革开放之初她已年过半百,白手起家做生意,没几年就打垮了当地的所有对手。其原因,除了勤勉与坚韧,还有过人的精明。

她的女儿曾在我居住的城市读大学,说起母亲,也是五体投地的。

女儿说母亲无论在谈判桌上、竞标场上还是在拍卖会上,她总能猜中对手密定的方案及数字。开始是一些小项目小数据,人家以为是女人天性敏感所致。到后来她在十分巨大的足以让人倾家荡产的数目上还是百发百中,遂被惊为天神。

这样的女人注定了是让男人不喜欢的。不光她的丈夫不喜欢,早早地与她分了手,她的男生意对手也不喜欢。男人败在女人手下,如何得了?他们纷纷弃她而去,只有其中一个不知天高地厚想和她结盟,被她一眼看穿心思,抢白一顿,落荒而逃。

她果然深感乏味,便从生意场上撤回资金投入股市。又是大发。

奇怪的是这么聪明的一个人,亲戚关系却很糟糕。几个姨妈都对她嗤之以鼻,惟一的舅妈早与她断了来往,也就是说,她连亲弟弟也得罪完了。小辈里面我算是能和她搭句话的,说着说着她就开始数落人:"她们在想些什么,瞒得过别人还瞒得过我? 还不是算计我的钱?"

　　此时她已步入老年,按理也应随和一点宽容一点至少也是迟钝一点慈祥一点了,可她一点也不,照样思维敏捷咄咄逼人。甚至连女婿的关系也搞僵了。

　　晚年的她家财万贯,高薪雇了一个女保姆,一个男保镖兼司机。那一男一女平时多有闲暇,以为她年老糊涂竟眉目传情起来。谁知她仍然那么犀利,却已经无力整治了,结果很惨,是被花钱雇来的人活活气死的。

　　她年轻时曾就读一所很有名的女子学校。世纪末那学校搞百年校庆时,布置了一个颇具规模的展览。我无意中在展览上发现了她当年的照片。很美丽不说,她还是那一届最优秀的学生,校志上介绍说:该生聪明过人,特别擅长的是猜谜语。

　　真是可惜了如此聪明个人——她把生活中的一切都当作猜谜,不免就演变为猜测甚至猜疑了。她猜对了许多,但最简单的事情,她猜错了。

　　人和人之间,原本,只要不猜就对了。

苦 命

小学的同学打来电话,说她的母亲去世了。

是非常要好的同学。那时,总是在一起的,共有 5 个女孩。

5 个女孩聚在一起,像蝴蝶,像麻雀,要多可爱有多可爱,要多吵闹也有多吵闹。

5 个人一起做作业,今天到这家,明天到那家。

我们总是莫名快乐,无端地朗笑,在校园里,在大街上,在你家我家,只有在她家除外。

她的母亲,太凶了。

很瘦,很干,烫着发,阴着脸,除了数落女儿,她几乎不讲话。她一贯的恶劣情绪像一团乌云压在我们头顶上,让我们害怕。我的同学很漂亮,其实眉眼很像母亲,再说那时她尚年轻,但不知为什么,在我们印象中,她是一个丑陋的老太婆。

所以我们后来就很少去她家,有时她趁母亲不在带我们去,一俟她母亲回家,我们就噤若寒蝉,一个个悄悄溜走。

毕业后我再也没见到同学的母亲,只是在同学结婚时得知,因为母亲死活不能接受她的男朋友,她是从家里逃出来才结成婚的。

　　我到同学的新房去,看到的情景是,床上桌子上堆满了花花绿绿的最便宜的布料,一架缝纫机摆在当中,同学正在忙着赶做一些家常衣裳,脸上没有新嫁娘应有的幸福。她说母亲已宣布不认她这个女儿,连日常替换的衣服都统统扣下了。

　　可怕的是同学的母亲说到做到,几十年里母女断绝了来往,外孙长成小伙子了,都不知外婆其人。

　　现在,同学的母亲去世了。

　　同学说,母亲这一生,蛮苦命的,家庭的婚姻的事业的诸种原因,让她从来也没有开心过。

　　又说,母亲临死前问起你了。

　　问起我? 我很惊诧。

　　是的,同学说,她一个一个地问,谁谁怎么样? 谁谁怎么样? 谁谁怎么样? 谁谁怎么样? 你们4个,一个没拉下,名字也全部是对的,其实那时,她神智已经不太清楚了。

　　我的眼泪就流下来了——时隔几十年了啊,原来她是深爱着女儿的,以至女儿的同学。

　　可是既然有爱,她何苦表达成那样? 如此地走样?

　　她确实是苦命,但她最命苦的一点是,她想对人好,却无法正常表达。要是她尚能表达,她的命,不至于那么苦。

金环情结

金环与银环是小说人物,是一对双胞胎,一对丽人。

金环与银环,相貌酷似而性格迥异。一个泼辣、干练,一个温情、柔弱。一个是铁骨铮铮的革命者,一个是带小资情调的革命青年。故事发生在战争年代,这样的性格设计当然极有利于情节的展开。

小说在上世纪六十年代被搬上银幕,金环与银环由同一人扮演,她就是后来的女将军、长春电影制片厂厂长王晓棠。

那个年代过来的人几乎无人不知王晓棠,她那双会说话的大眼睛美丽极了,她拥有的追星族,肯定比当下所有明星的追星族加起来还要多。

如今的王晓棠已是老人了,前些天偶然在荧屏上看到她,惊诧于她的依然美丽,更令人意外的是她讲的一句话。

主持人说:比较而言,大家都更喜欢银环这个角色,觉得你的个性与形象都更适合饰银环,你自己也这样认为吗? 你更喜欢谁,金环与银环?

此言一出我就开始留意听了。的确是,那时我还是个小女孩,留在我印象中的地下革命党人金环风风火火,敢作敢为,竟敢拔出发髻上的金簪刺杀日本鬼子;而银环的职业是护士,齐耳短发大口罩,轻声细语,温情脉脉——我也喜欢银环,尽管那时候我完全不明白其中的原因。

　　然而王晓棠说:我喜欢金环。她特意提到拔金簪的动作,用的不是通常女人的兰花指,而是四指紧握,拇指一抵,"嗖"地抽出来,"像是拔一把匕首"。

　　几十年了,要不是王晓棠说,我们永远也不知道,她竟然喜欢金环。

　　我听出来,她喜欢金环,是因为金环厉害!

　　而女人厉害就不可爱了,所以我们大家喜欢银环。

　　男人喜欢银环,女人也喜欢银环。成人喜欢银环,小孩也喜欢银环。喜欢温情柔弱的女人,几成文明社会的共识。

　　但也许,所有女人心底里,都有一个金环情结——给你一个厉害瞧瞧——因为,她从来也没有厉害过。

拦腰截断

　　老妈妈 90 高龄,退休都已 30 多年。是以一个纱厂女工的身份退的休,且多年孤身一人,她早已被世人遗忘了。

　　这回的被记起,是因为当地要编写一部革命斗争史,来填补空白。从而在收集到的零零散散的资料中,发现了早年她参加革命活动的印迹。

　　她的家族是很显赫的,竟然与一些后人心目中如雷贯耳的名字都有瓜葛。她也从小聪慧、开朗、泼辣,中学时代就上街游行,大学时代就在上铺的鼓动下参加了革命。毕业后在上海当过新闻记者,办过评论杂志,写过进步小说,摄影作品获过奖,总之,典型的时代新女性形象。

　　她的爱人是受她影响才参加革命的,也是因为爱她才和她走上了同一条道的。要是没有那次变故,她的事业和爱情都应该是美满的,不幸的是,她被捕了。而这次被捕,竟将她的前半生和后半生拦腰截断,再也接不起来。

　　她在班房里待了几年,终因找不着证据无法定罪。娘家竭尽全力将她保释了出来。此时爱人已去了解放区,形势险恶,她一时找不到组织,只得暂时回老家避风了。

当找到爱人时,他已有了新夫人。

心高气傲的她哪里受得了此等打击,顿时心灰意冷,闭门不出许多时日后,在家乡当了个普通工人。

其实掐指算来,那时她也不过 40 来岁,才华横溢的她,事业,爱情,一切都可以重新开始,想来也不至于没有机会,而她竟然统统放弃了。

当找到深居简出的老妈妈时,人们惊呆了。她的家里,包围着她的,全是放大的、她当年爱人的照片。

命运将她的人生拦腰截断,比这更可叹的是,她把所有的一切都留在了彼岸,没来得及带过来。

养花的女子

很气派的一幢写字楼里,有一个新兴的公司,租了整整的一个楼面。她是公司里一个普通的办事员,坐在东南角的办公室里。

她喜欢花,这是人所周知的。不见她,每天清早第一件事,便是捧着花盆,穿过长长的走廊,走到水龙头那里,为花儿浇灌。接着,才是为自己沏茶。

水龙头在西北角,她从东南角出发,依次走过市场部、销售部、技术部、人事部、财务部办公室……走过部门经理、副总经理、总经理办公室,转弯,走过接待室、陈列室、会议室,才到达目的地。

她的脚步声不疾不徐,轻轻的,刚好叩着人的心弦。她捧在胸前的花,或回蟠、或横逸、或挺秀、或窈窕,有艳丽的花和奇异的果,极富观赏性。她捧着花儿走路的姿态,婷婷袅袅,仪态万方,更是这家公司每天清晨一道固定的风景。

可想而知,大家对她印象不错,不光是同事对她印象不错,领导对她印象也不错。

因此她后来被提拔为部门主管、又被提升到总经理助理,就没有人会感到奇怪。本来么,人的姿态是传递着某种信息的,养花女子的姿态

一些小小的习惯方式，
果真有那么大的魅惑力，
让人无端地对她产生好感

至少在向人们表明：一，她是美丽、端庄、优雅的；二，她是个有爱心的、懂得欣赏的人；三，她是个有耐心的，持之以恒的人。这些优点难道还不足以得到他人的赏识么？

所以她的官运很顺。本来上级部门正在考察她，要提升她当副总经理的。谁知正在这个关键时刻，她捅了娄子，一桩很简单的事情她做坏了，给公司带来很大的经济损失。公司上下议论纷纷，这只是常识性的错误，她怎么会这么蠢？

好像才发现似的，大家说，这个女子，其实长相也平平，工作能力也是平平，一块普通办事员的料而已，怎么竟让她一跃而身居要职的？

于是说及那些美丽的花以及捧花的姿态。一些小小的习惯方式，果真有那么大的魅惑力，让人无端地对她产生好感？就如对另一些人无端地产生恶感。

公司一位清扫工一语惊人：我早知她不行。

为什么？

她买一盆死一盆，平均一年要养死两三盆花，都是我扔出去的呢。

谁来与汝共守

我承认当我第一眼看见她时就很喜欢她。她扎着马尾辫,穿着牛仔裙,双肩背个很卡通的臀包,青春勃发,神采飞扬,年轻又美丽。

那是一次各路人马各色人等的集体出行,上车下船,爬山过涧,她一路脚步轻捷,谈笑风生,清亮的笑声穿透整个团队。作为一个中年女人,说实话,我很羡慕她。

可是很快就有熟人悄悄告诉我:可别被假象蒙蔽,你知道她的年龄么,五十年代出生的,和你差不多啊。

先是不信,再是留心,终究有些扫兴。原来她额头密密的刘海,是遮挡皱纹的吧;原来她脖上鲜艳的小围巾,只是为了掩藏岁月之痕吧;尤其是她那样恰到好处那样讨人喜欢的天真无邪,原来不过是多年练就刻意经营的呀。

就像正在欣赏的一道风景突然被告知那只是人造的,立刻心情黯然。真可恶,为什么非要告诉我呢?

后来发现,关于她的年龄的秘密,不仅我知道,别人都知道,不仅女人知道,男人也知道,这人不告诉我,那人也会告诉我。反正不管怎样,她的煞费苦心都是要付诸东流的。

女人之间的悄悄告知,有一种带着嫉妒的快意;男人之间的悄悄告知,是为了相互提醒不要上当受骗吧。

广告里天天在蛊惑人们挽留青春,人们无不在动用一切手段挽留青春,但真正战胜岁月留住青春的又有几人?

终于有一个不凡的女子,她几乎已征服岁月,却仍然不能征服人心。一个美丽的秘密,人人都以戳穿为快,有谁来与汝共守?

灵魂往哪 搁？

灵魂往哪搁

年轻记者走进编辑部的时候,兴奋得两眼直放光,他说他找到一个极好的报道题材,说着就拿出一篇稿件来。

我们传阅,我们都觉得的确感人。他写的是荣军医院里的故事,写那些在历次战争中不幸致残的人如何与命运抗争,写那些仰慕英雄的女子怎样献身于曾经为国献身的男人……只有我们室里最资深的那位编辑,她看后沉默不语。

原来她的母亲正是荣军医院的护士,在那儿工作几十年直到退休,她是在那院子里长大的,这之前她从未与人说过;她不想说,说了难受。她说年轻记者写的都是真的,但她亲眼看到的,也是真的。

那时她正长成少女,从寄宿中学回来的那一天,她看见了他——一个新来的伤员。他坐在轮椅上,两个裤管全空了,一只袖管也是空的,这不足为怪,她在这儿看到这样的人多了,但她清晰地记得他的笑,带着真实的快乐,他的黑眼睛放出光彩,他的头发微微卷曲像孩子般柔软。

他21岁,与她的哥哥同年,她哥哥是学校的中国象棋冠军,与他正好旗鼓相当,他俩成了好朋友。有一天,哥哥拿回一份报纸给她看,报上赫然登着那年轻人神采斐然的相片,洋洋洒洒的一篇采访稿占了大半个版面。她一字不拉地读了,于是知道了他的无私,他的无畏,他是为掩护战友而被地雷炸的,难怪他会有那样的笑。她承认,这是迄今为止最让她感动的一篇文字。

后来她知道有不少姑娘给他写来求爱信,后来她走过常见他的窗台上放着鲜花。再后来,她考上了大学,离开了荣军医院家属宿舍。

毕业后她留外地工作,每次回家都是来去匆匆。那一次也挺匆忙的,她背着大包小包,带着孩子回家。傍晚,秋叶铺满了通向荣军医院的小路,路口歇着一辆轮椅,轮椅上的人一动不动,目光直直地看着走过去的人。好眼熟啊,她心里蓦地一沉,难道是他?

母亲证实了他的猜想。母亲说:这个孩子真是不争气,一开始给他送花的女孩挺多的,有一个还真心爱上他,可他不知怎地就犯了错误,对人家女孩行不规,唉,他只有一只手啊,怎么就能这样……女孩哭哭啼啼地走了,他的光荣就此中断。这之后他变得放荡了,常摇着轮椅出去追逐女人,你难以想象,他还真能将轮椅摇得飞快,后来连那些扫地的女工,见他都会远远躲开。和他同来的几个都娶了老婆,可他,名气不好,又是重残,谁肯跟他?

在家的几天,她留了心,见那人每天晚饭后都要将轮椅摇至路口,一直坐到天黑夜凉,才缓缓地回来。他从不与人打招呼,眼神黯然,现在他不光是两个裤腿和一个袖管空了,他整个人仿佛都被抽空了,可她仍然执拗地记得他曾经有过的笑容与神采。他的不幸,首先是肉体的缺失,然后是灵魂的堕落。

人死后有没有灵魂,不知道,但人活着,应该是有灵魂的吧。

灵魂往哪搁,答案非常简单,灵魂是附在肉体上的,所以身体健全的凡人,轻而易举地就有了一份凡常的日子,凡常的快乐,他们的灵魂,比较容易的就安放妥了。

但我们为什么看见那么多身残志坚的、身残而心灵高尚的、身残而事业有成的例子，为什么看起来，他们似乎比常人更有毅力更能成功？比如刘琦，比如徐良，比如张海迪。

是不是因为残缺的肉体难以安妥他们负重的灵魂，所以，要么堕落，要么升华。

男人的打扮

别以为讲究打扮是女人的专利,男人要讲究起来,比女人有过之无不及。

有这么个男人。工作能力嘛只是一般,与他相仿的有的是,也没有什么过硬的背景和靠山。可他的官运出奇的好,眼看他一步一步地登上了多少人梦寐以求却望尘莫及的高位。

而关于他的打扮,要是不说破,别人是悟不到的。只是有一天,一位当年老友去看他,惊讶于50出头的他看起来如此年轻:"比20年前还要嫩相!"他又喝了点酒,才对老友炫耀了一番自己的打扮之道。

他说正是正是,20年前,刚有了一官半职,小心翼翼地,黑布鞋,中山装,一年四季,色泽单调,胡子拉碴,三角钱理个发,人家都把他归入中老年人。

于是干部考察时,他给人的印象是:虽然年轻,却作风严谨,人品稳重,处事牢靠,值得信赖,是年轻人当中很难得的人才! 请注意,不单是上级领导这么看,连广大群众也这么看,你说他不升迁谁升迁?

尝到甜头,在还算年轻的日子里,他一直保持着所谓少年老成的形象,直到他不再年轻。

不再年轻时,他已经有了不算低的职位,这时他的打扮忽然变了。年近半百的他,黑亮卷发,浅色西装,花样时新的领带,外出披一挂长风衣,并且减肥,美容,步履轻捷,走路让手下的年轻人跟不上。

于是他奇迹般地又升迁了。干部考察时,他给人的印象是:虽然不年轻了,却朝气蓬勃,富有活力,紧跟时代,敢于创新,是中年人当中很难得的人才! 请注意,不单是上级领导这么看,连广大群众也这么看,你说他不升迁谁升迁?

没有把握

我有位以前的同事,后来调到电台去做了。

他的财富是极富魅力的声音和极为温厚的心,在电台做一档关注心灵的热线节目,再合适不过了。

他做得很成功,很快乐,但也有小小麻烦,听说常常会有女听众崇拜他,热爱他,送花送礼物给他,深夜在电台门口等他,发表情达意的短信,邀请他喝咖啡什么的。难得的是,他将那些关系处理得极佳,从没得罪过一个听众,也没有惹出什么绯闻来。

在一个场合遇到他,我戏谑地提起,夸他是高手。他笑说,我有个秘诀,要不要听?我说当然。他说,其实很简单,我只坚持一个准则,绝不给自己单独与她们相处的机会。即使赴约,也找一位大姐级的女同事一起去。我说这样岂不很损。他说这纯属无奈之举,因为我知道自己的弱点,是否能经得住美丽的诱惑,我对自己没有把握。我明白了,他小心翼翼地保护了诞生在信赖基础上的美好情感,从不会把它发展到一塌糊涂不可收拾。

工作出色,品行又端庄,被上级考察提干本在人们的意料之中。出乎意料的是,好几年过去了,传闻中他被考察了一次又一次,却始终做着他所热爱的老本行，没有谋到一官半职。有一次甚至听说要回我们报社任副总编，最后还是没有来。

又是在某个场合偶遇。我提起种种传闻，并揣测，你是不是太热爱热线主持人这个工作，才不愿意当官呢？他说我当然热爱本分工作，但这并非主要原因。我追问主要原因。他的回答居然与上回是一样的，他说，因为我知道自己的弱点，是否能经得住权力所附加的种种诱惑，我对自己没有把握，所以，干脆不当。

我很遗憾，我相信他要是当官，绝对比眼下在位子上的有些人要好。那些人对自己很有把握，或者本来，就是冲着诱惑去的。

爱的重围

表弟既漂亮又聪明,外加勤奋好学,完美到令周围男孩充满仇恨,令周围女孩神魂颠倒的地步。

从小学高年级起到初中、高中、大学,他一直处于女孩子认真而温柔的包围之中。每逢年节亲戚们相聚,总能见他的身边有个女孩,每年都不是同一个人,但一律是天生丽质的那种,与表弟看去极般配的。

只有在临去美国之前的那次告别晚宴上,他孑然一身。问他,他说他其实从未追求过任何一个女孩,从来只是被追求,从少年到青年,他所做的一切是拒绝与抵抗爱,这已够他费神了,因此他还未顾得上去爱谁。

而且那些女孩及女孩的爹妈都特有办法,有的能保证他及她双双出国学习并拿到绿卡,有的能准备包括花园别墅在内的全套结婚用品,但表弟像个男子汉似地一一婉拒了她们。经过几年刻苦努力,他争取到了美国某大学的全额奖学金。同时也突出了爱的重围。这一结果来之不易,表弟只是普通人家的孩子。

我想如果表弟换成了女孩,那结果可能就完全两样了。漂亮女孩多半是杀不出或根本不想杀出爱的重围的,她会在其中选一个最好的,或者说最爱她的,甜甜顺顺地做他的小嫁娘,同时让别的追求者伤心地失

他在杀出被动的爱的重围之后惟一能做的，就是打发那已被辱没的自己

恋。漂亮女孩被人爱就心满意足了,漂亮男孩则不然。

又是新岁,亲戚聚首,这次少了表弟。快散席时,坐在一旁的表弟的母亲悄悄对我说:"帮你表弟留心一下,英文好的、有大学文凭的姑娘。"我很受惊地说:"怎么,他还要'红娘'?"姨说:"是他自己的意思,他去美国半年,又有三个女孩追他,一个美国人,一个日本人,一个台湾人。他说和他们做做朋友倒很好,但做妻子不行,观念、生活习惯都不一样,还是在家乡找一个合适的结了婚,以后才好集中精力做人做事。"看来姨对表弟很满意。

餐后忍不住去给表弟挂长途,可挂通后只是互道了"新年好"。有什么可说的呢,漂亮的表弟,是一个中国男孩,他在杀出被动的爱的重围之后惟一能做的,就是主动地自投罗网。如此而已。

重　演

　　他以高校教授的身份,参加了一个文化考察团。团里有各行各业的各路人马,一天,两天,人和人渐渐地熟悉起来。

　　第三天的晚餐,与他同桌有一位气质不错的女士,言谈中提及母校。

　　他说,哦,原来是校友,哪一届的? 女士答了。

　　他说,啊,原来是同届,你学啥专业? 女士答了。

　　他说,噫,我和你是同一专业,你几班? 女士答了。

　　他站起来,哎呀,原来我们是同窗。就报上大名。

　　女士笑了,原来是你。她立即记起了他,列举出当年他的光荣和劣迹种种,他逐一回想,居然准确无误。

　　他请教芳名。女士卖了个关子,猜。

　　他搜肠刮肚,报到第三个名字还是错的,女士就仁厚地告诉他了。

　　他呆了,因为他听了芳名,还是想不起来她是谁。名字是陌生的,面孔,也依然是陌生的。

　　他怀疑是搞错了,但她说起他的一切,又分明是对的。

　　他很痛苦,仿佛自己在明处,而她在暗处。虽说毕业已经 20 年,但同窗,到底也有 4 年,怎么会了无痕迹?

以为忘得干干净净的一切，

其实都在，

只是在等待着，

一次偶然的重演

　　女士大概是记忆的阀门被打开了,校园往事像潮水般地漫到他的眼前:谁最漂亮,谁最坏,谁最呆,谁谁曾经追谁,谁谁又甩了谁。她报出的一个又一个名字,他全都想起来了。她还说了当年与谁住一个宿舍,那女生是他曾暗暗喜欢过的,她不说他也记得。只是她,仿佛是个隐身人,直到晚餐结束,他依然百思不得其解。

　　三三两两地走出餐厅,穿过长长的走廊。不知谁叫了她一声,她向前赶几步。她就走在他的前面了,他就落在她的后面了。

　　他的目光仍落在她身上。她的匀称的身材和轻捷的步态,让他忽然就,想起来了。

　　那天,斗胆去找自己心仪的那位女生时,她不是正好在一旁吗? 女生毫不领会他的意思转身走开时,他不是将她俩的背影目送了好久吗? 她的匀称的身材和轻捷的步态,怎么一点都没有变呢。对了,那天,还有一纸粉红色的文学社活动海报,还有浓烈的栀子花香……忽然,全都重演了。

　　经历过的一切,以为忘得干干净净的一切,其实都在,只是在等待着,一次偶然的重演。

中年缺席

我们报社有一面专门反映员工精神风貌的图片墙，就在上班下班人人都要走过都能看到的地方。

工作、学习、文体活动、改善伙食……一年到头，不外乎这些内容。快过年了，领导要求组织一期轻松有趣些的，把任务给了我。

左思右想，想到我们报社夫妻特多，小夫妻、中夫妻、老夫妻，何不做一个双双对对、亲亲密密、恩恩爱爱的夫妻版？

发出征稿启事后，主动提供照片者不少。他和她，在餐桌旁，在电脑前，在旅途中，肩靠肩，手挽手，面对面，深深凝视，紧紧依偎，笑容灿灿，爱意盈盈。

只是等编排时我才发现，那些照片，全是小夫妻与老夫妻的，中夫妻，一对也没有。

缺了中夫妻显然是不行的，要知道中夫妻中包括了报社的许多中坚与骨干人物。我决定去组稿。

但他们都婉言拒绝了，一对，两对，三对……找一对碰一个钉子。

都说不想展示。为什么？不为什么，你找别人吧。我纳闷。

春节在乡下，看到村子里舞龙灯的壮观场面。浙江农村有些地方，舞的是"板凳龙",即除了龙头龙尾,龙身全是由板凳接起来的,一户人家一条板凳,每条板凳上安两个灯笼。这村的板凳共有 80 多条,长"龙"在学校的操场上集合拼接时,绕了整整三圈。村长在点数,"板凳"在报数。参加的有老头老太,都高兴得合不拢嘴。小孩的开心当然别提了。仔细看人群,惟有中年男人,在热闹的间隙中,流露出些许漠然。也许他们正盘算着一年之计。舞龙的钱是他们出的,他们的责任是让亲人族人高兴,自己却无法一心一意地高兴。

我有点明白了中年缺席的原因。看起来,中年人与老人小孩青年人同在生活的幸福、快乐、浪漫、温馨之中,却为何总是,心情缺席。

最亲的亲人

他 50 出头 60 不到，爱妻几年前死于意外，爱子在国外拿到博士学位后受聘于某跨国公司。他自己，高知高薪，风流儒雅，典型的钻石王老五。

钻石王老五的生活永远也不缺爱情，而且，他的女朋友，一个赛一个地年轻、漂亮，当然也都是有档次的女人。也许是因为他与亡妻的感情太好，也许是他满足于钻石王老五的浪漫生活状态，总之，他暂时还没有再娶的打算。

就在"人生得意须尽欢"时，他生了一场不大不小的病。其实说出来真算不上什么病，只是多年的痔疮，忽然发作得厉害，医生建议他开刀。他也想治个彻底，就同意了。没想到痔疮开刀是那么痛苦的，加上手术有一点小小的偏差，恢复的过程就显得无比漫长了。

恢复慢些倒也不是最要命的，最要命的是他爱面子。他觉得这种病，说出来实在是不雅，尤其是与爱恋着自己的女人，岂能说得？便回避了所有熟人朋友，电话不接，手机关机，悄悄儿手术，悄悄儿在家养病。

按常理，生病是最堆积亲情友情的时段，可钻石王老五的这次生病，与以往不同，没有鲜花，没有水果，没有安慰，没有祝愿。如果能在预期的时间里结束,再痛苦也可以独自承受。时间一长,尝到了前所未有的孤独无助,就觉得非常难受了。

这一天,明知不会有任何人来探望他,他还是幻想着门铃被摁响。

门铃真的被摁响了,他跳起来去开门。是一位衣着端庄的女子,脸上荡漾着真诚的笑意,手里拎着礼物——两只红牌甲鱼。

他既感动又惊愕,因为想不起来她是谁。

她看出了他的惊愕,笑吟吟为他释疑:我是保险公司的,你不是保了健康险吗?

保健康险就陪付甲鱼吗?

当然不,陪付条款在这里,你填一下表格。甲鱼,是我顺便买来给你补补身子的。

说时迟那时快,他心一热又心一凉。他想不远的将来,当自己步入老境,陷入彻底的孤独无助时,最亲的亲人,难道就,只剩了保险公司吗?

作少女状

岁末收到喜柬,新郎是位大学教授,属年已知天命、仍风度翩翩魅力不减反增那一类的男人。

数年前教授夫人不幸过世,朋友圈里都知道他与夫人是珠联璧合感情极佳的一对儿,看他伤心欲绝的样子,大家竭力为他排遣,还为他介绍了一个小他十岁的女伴。

女伴尖下巴颏儿,细瘦腰身,楚楚动人,且知书达理性格文静,大家看着都觉得与教授十分般配。教授也果然很快与她陷入热恋。谁知半年后两人分了手。

教授对朋友们是这么解释的:"实在是受不了她,像小姑娘似的容易生气,每次约会都吃力得很,若晚到一分钟,场面就没法收拾,她会嘴巴撅起老高,眼泪流个不住,得哄上一个小时才会破涕为笑。出差在外地,仅仅有一个晚上没给她电话,她就急得快要疯掉了……"

朋友说:"啊呀你真是身在福中不知福,她是多么爱你啊。"

教授决绝地说:"可是我这把年纪的人了,事业上须付出很多,哪有精力来哄女人哪,怎么说她也快40岁了,还作少女状。这类人再好也不适合我的。"

原来教授所受不了的，
并非那女子作少女状，
而是因为，
她不是真少女啊

如今两年过去,教授要娶新人了,那是个怎么样的女子呢?

这是桩令男人羡艳、令女人感叹的婚姻。新娘的年龄仅为新郎的一半,大学刚毕业,是教授的学生。听说,教授一开始也不拿她当真的,结果女孩儿要寻死觅活啦,教授不得不这样办啦。

想起当初,朋友们恍然大悟,原来教授所受不了的,并非那女子作少女状,而是因为,她不是真少女啊。

忤 逆

他的父亲患癌症去世时，才 50 刚出头。他大学毕业，刚刚走上社会。

难怪后来在讨论有关金钱的话题时他说：凡是花钱能解决的问题，都不算是难题。

我说，难道有金钱不能解决的问题吗？

当然，比如我父亲，那时只要能挽留他的生命，我准备将我一生赚的钱用来还债。但是不能。

令他想不到的是，父亲去世后，他母亲的问题更大。她白天平静得没有一滴眼泪，夜晚却泪流到天明，日复一日，情形不见好转。他很着急。

但他这人，向来没有劝慰、抚摩的语言习惯，只得请了长辈亲戚，七大姑八大姨的，来陪伴，来宽解母亲的思夫之心。但是这一招也不灵，她们能说些啥呢？ 无非是共同怀念故人种种的好，越说，母亲越难受。

他只好自己上阵了。他说，爸爸这病，是他自己不好，抽烟这么凶，你让他少抽，他还和你急……

他说，爸爸病了一年，脾气多少暴躁，你苦头吃够了……

他说,爸爸又懒又馋又挑剔,那次喝醉酒掀桌子……

他说,其实那件事,虽然我小,我也知道,他害得你多么伤心……

他说……

他越说越快,越说越过分,他母亲的脸色越来越难看。终于母亲抄起一个沙发靠垫,摔到儿子头上:给我滚出去,你这个忤逆子! 他人都不在了,你还和他算账,跟他计较,你算个什么儿子啊? 他那么爱你,把你当个宝贝……

他屁滚尿流地逃出家门,他怕再待下去,愤怒的母亲真会失手将自己打死。他听到很响的关门声,然后是母亲的号啕大哭。

他被赶出家门整整一个星期之后,接到了母亲的电话。

"儿子啊,回家吧。你的意思,我已经懂了。"

母亲被他彻底治好。他对别人说:这叫置之死地而后生。除了我,谁敢对她讲这些?

他用忤逆的方式做到了最大的孝顺。

听任无名

50 年前这里曾发生过一场酷战，经过三天三夜的白刃相接，密集的枪声逐渐稀落，大街小巷堆满了尸体，断壁残垣被鲜血染红——这座城市终于解放了。

许多年轻人在这场战役中死去，有知道姓名的，有不知道姓名的，他们被一同掩埋在这座城市的烈士陵园中。不知道姓名的烈士共有 688位，他们共有一块纪念碑，共有一个名字——无名烈士。

每年清明节前后，这座城市的人列队来到陵园。声情并茂的讲解员，逐一介绍那些有名烈士的赫赫功绩，解说词很长；有关无名烈士的解说词很短，但人们在那儿站立的时间很长。

有一位妇人每年都来此祭奠，她的儿子在解放前夕参了军，从此没有回来，也没有任何音信。她相信，她的儿子一定在无名烈士墓碑的下面。年复一年，她由中年变成老迈。陵园的工作人员换了一茬又一茬，也都相信，老妇人的儿子就在无名烈士墓碑的下面。

两年前，该市有关方面为纪念城市解放五十周年，决定扩建烈士纪念馆，查清无名烈士的姓名和经历的工作便正式摆上了议事日程。

有报道说，近两年来，有关工作人员不辞辛苦，查阅原始资料数百万页,行程数万公里,寻访烈士生前见证人数千名,现在,688 位无名烈士中已有 680 位成为有名烈士。报道说,查找工作还将继续下去,直至完成。

年过八旬的老妇人来到陵园,报出她儿子的名字,可是在已查证的烈士名字中没有他。工作人员问她是不是把名字记错了。她说儿子的名字怎会记错。工作人员就说,放心,我们继续查。

可他们自己却不放心起来,要是剩下的 8 位都找到了,还没见着那个名字,他们该怎么对老妇人说呢?

战争中,什么情况都可能发生,一个普通人,也许顷刻如芥草般被粉碎了,也许瞬间涅槃而成英雄——为什么,一定要逐一知道他们的名字?就如今天媒体总爱想方设法探出做了好事不留名者的底细,为什么,不能听任无名?

听说后来,陵园的工作人员向上级打报告称:年湮日久,余下八位,已无从查辨。

无名烈士纪念碑依然耸立着,为八个、为所有无名的捐躯者,为后人对无名英雄的特别的崇敬。

我们靠什么成活？

我们靠什么成活

在埃及旅游,除了古代文明遗迹所带来的巨大震撼外,另有一个触目惊心的感受就是,沿途铺天盖地的褐黄。埃及 100 万平方公里的面积,有 90％以上是沙漠,除了地中海三角洲以及尼罗河沿岸宽仅 1 到 20 公里的绿地,满眼所见的,尽是砾石、黄砂、戈壁,没有动物,没有植物,没有活物,看得人想要流泪。

所以当国际航班降落在上海虹桥机场,从上海到杭州的路上,目睹高速路两边丰饶的、种什么长什么的绿地,不住地感恩载德,甚至想起了那句歌词:"我深深地爱着你,这片多情的土地……"我知道为什么土地是多情的了。

多年以前我曾在浙江农村插队落户。前几天我那多年不见的房东大伯忽然来找我,他悲愤地让我去家乡采访,说家里没有地了。地到哪里去了?让村干部把使用权转让出去了。转让给谁?外商,办厂。那好啊,你们可以当工人了,再说土地转让,你们可以分得钱吧。钱有什么用?我那读不进书的孙子一看从此可以不用做农活,高兴坏了,向他爹拿了钱,说做生意,生意没做成,钱赔进去了,余下一点,拿去赌,赌输了打架,出人命,要坐班房了。庄稼人,祖祖辈辈靠的是地,这往后,我们靠什么活啊。

年近七旬的大伯,禁不住老泪滂沱。我亦不知道拿什么话来劝慰他。

要是大伯的孙子读得进书,结果是否会好一点?我们可以靠读书成活吗?

从现象上看,好像是的,我们不仅可以靠读书成活,还可以靠手艺成活,靠口才成活,靠力气成活,靠美貌成活,靠歌喉成活,靠运气成活,甚至靠救济成活,靠继承遗产成活,靠投机取巧成活,靠招摇撞骗成活……

纷纭世界,不是有那么多人依赖各种方式成活着吗?

在云南丽江,去轳轳湖女儿国的路很险。深邃的谷,陡峭的山。90度的斜坡,半山腰上,或者更高处,居然有,一小片一小片开垦出来的土地,青的,绿的,长着庄稼。忍不住问:这么高,谁种的地呀?

转过弯,更高的坡上,有小屋,有人家,有头牛,几乎走在天上。司机说:是他,他是苗人,这么深谷,地种得高,才收得到阳光。苗人当年抱一只牛犊上山,长大后,它再也下不了山。苗人劳作了一半,想撒尿,得先在地头钉个桩,抵住脚,否则劲一松,人一溜到山根啊。

有滑坡的痕迹,滑下来的绿苗,星星点点撒了一长溜。可惜啊。司机说:毁了,再种呗,靠土地吃饭,就这样子。

我们几乎忘了我们是靠什么成活,我想他们是知道的,他们一定对每一寸能长出草来的土地,都感激不尽。

是的,知识、智慧、手艺、口才、力气、美貌、歌喉、运气……能让我们活出各自的姿彩,但,我们靠土地成活。

那一双手

　　她曾像所有的城市少女一样渴望展示自己,可是第一,她没有美丽脸蛋,第二,她没有漂亮身材,第三,她连甜美的嗓音都没有,拿什么来吸引人们的目光? 看着周围一个个花团锦簇的快乐女孩,她自卑得不想活了。

　　她上职业高中时,教形象设计的老师就像妈妈一样,及时发现了女孩的问题。仅仅发现问题是不解决问题的,重要的是,老师发现了她的美。

　　老师捧起女孩的双手,轻轻抚摩,细细端详。见那双手,光洁如玉,纤细如葱,纹理流畅,关节含蓄,粉红粉白,尽善尽美。呵呵,老师惊叹。你从来没有打过静脉针吧? 是的。也没有过任何的割伤碰伤抓伤? 是的是的。呵呵,真是太难得了!

　　老师本是当地电视台小有名气的形象设计师,正在苦苦寻找一双完美的手。她曾非常失望地对委托人说,美女好找,美手难得,你们难以想象,那些美女的手有多么丑。

　　女孩的手被拍成广告,赚了大钱。女孩找回了自信,从此对双手呵护有加,保了巨额险,施以高级防护品,四季戴手套,严拒一切尖锐物。

以至于做了母亲后,她也不抱一抱那个远比她的手粉嫩的婴儿,生怕婴儿抓伤了自己的手啊。

人家生就一双手,是为全身服务的;她呢正好倒过来,她是全身心都在为一双手服务。

后来出车祸时同伴打碎窗玻璃将她从车窗拽出来,命是保住了,可她赖以生存的美手被毁了,其实也就是区区一道割伤,缝了几针而已,但对她来说仿佛是生命的全部。让人难以置信地,她选择了自杀。

花费这么多口舌来叙述这一双手,其实我是为了讲那一双手。

那一双手出现于近日报纸刊出的新闻图片上。那一双手高举着,占据了画面的三分之二。图片说明:打工者李某日前被机床切落的八根手指,经过22小时的手指再植手术,已全部成活。

那些手指,又肿又烂,长短参差,惨不忍睹,视觉冲击力足够了。然而令人震撼的是,手的大背景是打工者李某年轻的脸,他笑得那样灿烂,透着真诚的喜悦。对呀,凭着这双手,他又能劳动了,又可以赚钱养家了,能不喜悦万分?

想起人类起源,中学学过的定义背不出来了,只记得大意是:能直立行走的、手脚分工并开始用双手劳动的,就属人类了。今天我们的手更多地用来社交、掩饰、控制、展示……只有打工者李某的一双手,让我们依稀回想起手的本意。

来龙去脉

　　你能想象出你见过的最大最老的树:华亭如盖,遮天蔽日,盘根错节,多人合抱等等壮观景象。

　　但你能想象出最大最老的藤吗? 我没有见过,也无法想象,这是一位筑了一辈子路的人描述给我听的。

　　他说多年以前,有一条路,筑过延绵的群山,筑过古老的山庄。

　　逢山凿洞,逢水架桥,逢树砍伐,什么也难不倒他们。

　　有一天他们遇到了它,一根老藤,斜斜地,横在面前。

　　直径大概只相当于脸盆吧,在他们眼里算什么,举手就砍。但奇怪的事就在那一刻发生了,一斧头下去,只觉得整座山都颤抖了一下,二斧头下去,遥远的谷地发出了低沉的呻吟,那声音在群山间此起彼伏地回响,仿佛天地的呜咽。

　　筑路工停了手,那声音渐渐平息。

　　又举斧,呜咽声再起。

　　筑路工正不知所措,一干村人赶到,男女长幼,连呼使不得。

　　一白发老者领头,引他们去看老藤。

　　顺着藤,翻过一个山头,又翻过一个山头。从早晨走到了正午,看不

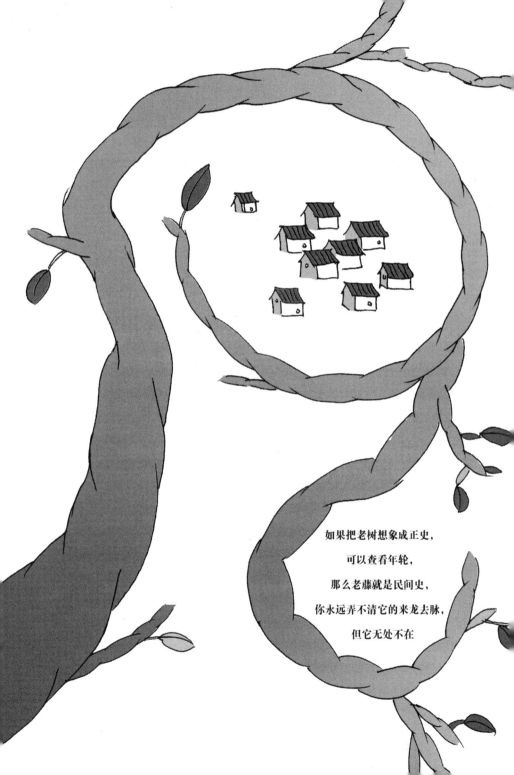

如果把老树想象成正史，

可以查看年轮，

那么老藤就是民间史，

你永远弄不清它的来龙去脉，

但它无处不在

见老藤的头。从早晨走到正午,那藤还有男人的手臂粗。走得热汗淋淋,口干舌燥,长者让他们在一个村子歇息。

他们看见,老藤走过家门,妇人在藤上晾晒,孩童在藤上打秋千。他们看见,藤上结有鸽蛋大的果子,男人砍柴伤了脚,摘个果子捣烂,敷在创口上。

歇息后又上路,山变得崎岖。在老藤上攀缘一把,方上得去,路愈陡,在老藤上踮一脚,才不致打滑。人走乏了,老藤仍绵绵无尽。

日头西斜,筑路工向长者求饶:好了,好了,不走了。

长者问:什么意思?

答:明白了。

终于停步。

长者说:这藤,其实生长速度很慢的,他懂事那会儿,似乎就有如今这规模了。少年时代他与小伙伴曾经满山追踪,想弄清它的来龙去脉。带着干粮,走了不知多少天,翻过不知多少个山头,路过不知多少个村庄,不知不觉走到邻县的地界去了,那藤,还在无休止地伸展。

无论时间还是空间,都无法估量。

如果说老树的方式是显赫的张扬,老藤的方式就是周密的覆盖。

如果把老树想象成正史,可以查看年轮,寻根究梢,那么老藤就是民间史,你永远也弄不清它的来龙去脉,但它是那么柔韧地无处不在。

能不敬畏吗?筑路工说,那是他的筑路生涯中,惟一的一次,为藤改道。

拔腿就走

真是记不得有多久没走路了。一提起要去哪里,首先想到的就是:怎么去呀?出租车呢,公交车呢,还是谁的车来接啊。

几年前我所在的报社搬迁,离家其实很近了,出门就能看见那幢高耸的楼,步行不需要 30 分钟。却从没走过,一次都没有,不骑自行车时,就打出租车。出租车往高架路上嗖地飞过去,只要 5 分钟。

重新走路自非典始,一时间,公交车和出租车都不被信任了,只有走路最安全。

打车从高架路上走,步行从高架路下走。高架路下边,是穿城而过的京杭大运河,是杨柳岸青草地,早晨刚刚修剪过的草坪有草木的芳香,傍晚的水面折射出阳光的气息。

高架路上边四通八达,像 8 字像 6 字像旋涡像天梯;高架路下边亦很玄妙,它随时有曲折的阶梯放下来,下来是完全不同的地方,仿佛迷宫,我以前全然不知。

于是每天上下班,可根据需要走不一样的路。比如:淋不着雨的路,阳光沐浴的路,有卖花女守候的路,顺道农贸市场的路,时间紧时走最近的路,反之则以最悠闲步态走最美丽的那条路。

因为走路,购鞋的标准也变了。以前是看质地、款式、价格,以至有的鞋穿着根本就不能走路;现在的第一标准是舒适,知道长着脚是干什么的了,也就知道穿鞋是为什么的了。

如果以上讲的是走路的意想得到的好处,那么还有完全意想不到的——

我写了篇揭露性报道,许多人,包括最亲近的人和许久没联络的人,前来说情。但我觉得这件事必须要曝光,否则我便丧失了起码的原则和良心。

在见报前一天,我被一位曾经很好的朋友拉去一个饭局,坐下我才知道,这个看来极其奢华的饭局为那则报道所设。朋友不知就里,也是被利用。

他们是用轿车把我载去的,开了大半个小时,来到山水园林间,一个十分幽僻的地方。没有出租车、三轮车,他们以为,这地方,我自己是无法出来的。

他们没想到我竟然拔腿就走,我并不遵循以前的习惯动作,走到门口就四处张望有没有车,而是,拔腿就走。

我走得那么快,像飞一样。等他们醒悟我并非上洗手间而是不辞而别,追出来,我已经走出了他们的视线。

走出约三里地后,我遇到了车。

我为自己重新学会走路而得意——我挣脱了鞋的桎梏、车的桎梏、路的桎梏,重获自由。

如果我想去哪里,再也无须考虑怎么去,我可以拔腿就走。

不得安生

在将近一个世纪前的某一日，大大小小的报纸上出现了这么一条新闻，这条新闻到今天看来还有相当大的新闻价值——

标题为：《最后一个那瓦族人结婚》。那瓦族人是印第安人的一个部落，他们的家园被侵占后，幸存者被迫移居深邃莫测的亚马逊热带丛林。那篇报道说：最后一个那瓦族人已融入文明社会，这就标志着，原始丛林中已经没有那瓦人存在了，那瓦族部落，由于它的落后、野蛮，它已经无可奈何地消亡了。

文明人真是太聪明了，但常常是自作聪明。他们怎会想到，一百年来，那瓦族人依然在他们的乐园里，在文明人鞭长莫及的地方，与种类无比丰富的动植物们一起，相亲相爱，载舞载歌，繁衍生息，怡然陶然。那篇报道真是无意中救了他们，给他们放了一条生路。

可是文明人的贪婪注定了那瓦人将不得安生。一百年后的今天，文明人有了相当普及的环境保护意识，他们为自己的贪婪披上了一件金色的外衣。当他们再次开进那瓦人的乐园时，用了一个动听的名义，叫做"自然公园保护区"。是的，他们要把那片丛林开辟为自然公园保护区，并规定：在此地区内只许森林与动物存在，不准人类居住。

这条规定对森林与动物也许是极仁慈的,但对人的同类——那瓦人来说,却是血淋淋的。

当然具有环保意识的现代人决不会再去追杀那瓦人了,我有百分之百的把握这么说。现代人的选择,我想不外乎两种:要么把他们当人,同化他们;要么让他们继续在保护区生存,给他们以动物的礼遇。

我觉得无论怎么着都是血淋淋的。

我们现在到处在开辟所谓的"保护区"。保护是什么?就是让别的生灵不得安生——那瓦人不得安生,动物不得安生,植物不得安生。

冠军和亚军

　　冠军和亚军居住在江南的一个小城镇。小城水网密布,古朴的拱桥连接起道路纵横,划桨的小船代替了奔跑的汽车。小城的墙门是深深的,小城的空气是湿湿的,小城的脚步是款款的。除了舟船这里没有别的交通工具,因此在小城,最快的速度就是人奔跑的速度了。

　　冠军和亚军同龄,在少年时代便显示出他们与众不同的速度,无论是游戏还是学校上体育课,他们总能将别的小伙伴远远地甩到后面,最后,就变成了他们两个人的比赛,另外的人全都成了看台上的啦啦队员。

　　小城举行首届运动会时,他俩理所当然地成了这一项目的冠军和亚军。他是冠军,他是亚军,仅仅一步之差。

　　奇怪的是他俩的座次似乎就这样缺少悬念地排定了,之后的每一次赛事,他是冠军,他是亚军,从来没有倒过来过,就连那一步之差的距离也是不变的。个中道理其实也简单:一个想消灭那一步的差距,就勤练苦练拼命练;另一个想保持住那一步的差距,也勤练苦练拼命练。结果,就仍是一步之差。

　　只有一次例外。

　　却说那冠军曾离开小城,走南闯北做生意去了。小城人于是很久没看见他,只是时有信息传来,说他发了,又说他栽了,等等。小城人经常可以看见的是那亚军矫健的身影,他留在小城当了一名公安警察。

一起抢劫案轰动了这个和风细雨少有新闻的小城。当警察接到报警赶到案发现场,蒙面劫匪刚刚拔腿逃离。

由于河密桥多,这个小城的警察是无法使用警车的,甚至用摩托车都只能事倍功半,所以他们都练就了一副飞毛腿,尤其这天出击的警察,见劫匪逃跑心里一点都不慌,他是本城跑得最快的人之一,是亚军头衔的保持者嘛。

过了一座拱桥,又过了一座拱桥,警察与劫匪的距离渐渐近了,"站住!"他大喝一声。他看见那劫匪全身一颤,回一回头,紧了紧脚步,像箭一样窜出去,他们的距离,忽然间又拉大了。

这劫匪熟悉地形,似乎是本地人,但本地人中,哪来跑得这么快,让他追赶起来颇感吃力的人呢?

难道是他?自己永远没有赶上过的那个人?他也像箭一样蹿了出去。

过了一座拱桥,又过了一座拱桥……

结果当在意料之中,否则我也无法知晓这个真实的故事。但新闻报道得过于简单了:"昨日在某地发生的抢劫案中,警察穿过半个城市抓住了劫匪,据说该劫匪曾是一位长跑冠军。"

而当时的情况极富戏剧性——

只见劫匪在前,警察在后,孜孜不倦地跑着,他们之间的距离,却好像是凝固住了。他稍稍放慢喘口气他也随之喘口气,他加快步伐他也随之加快步伐,似乎是一场没有终点的马拉松。劫匪大概是终于意识到这点,他站住,举起了双手,于是双方都到达终点。

后来劫匪是这样说的:他也许永远追不上我,但我也注定摆脱不了他,这样跑下去又有什么意义,还不如站住。

后来警察是这样说的:我也许永远追不上他,但我的职责让我必须永远追下去,直到抓住他。

按质论价

在晴朗的早晨，一车人出发去扶贫。

这次的扶贫团由官员、记者、中小学师生代表组成。这次的宗旨，据说是加强素质教育。

车开出不远，记者开始采访师生。某小学的三个女孩显得尤其兴奋，与之交谈后记者得知，她们之所以入选扶贫团，不是因为成绩优秀，也并非是班干部，而是她们钱捐得比别人多，最多的达一千元。

女孩说，老师曾细述贫困地区的孩子有多么可怜，学习生活条件有多么差，回家与父母一讲，父母就慷慨地拿出了一大笔钱，希望自己去看看，受点教育，回来努力读书。听听也没什么不对。

扶贫仪式热热闹闹的，程式化的，就不多说了。只说回城的路上，记者又特意采访了那三个女孩。

女孩的反应让记者深感意外。她们不仅没有被感动，相反表现得很漠然，漠然是因为失望，失望是因为，"他们一点都不可怜"。

的确记者也注意到，尽管生活与学习条件处于贫困线以下，但为了迎接城里孩子，贫困地区的孩子们那天换上了他们最好最干净的衣服，还起早上山采了大把红红黄黄的野花，也许是激动，也许是花的映衬，阳光下他们的脸红扑扑的,有个农村女孩还非常漂亮,而她,正好被安排和三个女孩中的一个结成了对子。

按记者想,真要看见满目凄凉,自己也一定会难过的。按记者想,正处于花季的女孩们,没看到预想之中的可怜情状,她们本应高兴才对啊,怎么反倒会失望呢?是不是因为她们的父母出了大价钱,她们居高临下地觉得被捐助者理应更可怜些?看来她们很有经济头脑,竟把可怜也按质论价了。

孩子的按质论价是因为成人的按质论价。本来捐钱是想培养孩子的仁慈之心,却使她们变得冷酷了。这样可怕的后果大概是老师和家长们始料不及的。

少年白头

　　怎么看他都是个幸运儿,既有北人的高大又有南人的秀气,既有南人的聪慧又有北人的刚毅,生逢世道兴盛,玩电脑可与黑客叫阵,高考不费事就是状元。毕业后许多大公司开出优厚条件由他挑,青睐他的女孩排成队由他挑。

　　但是为什么,风华正茂时,他忽然白了头? 难道他还会有犯愁的事么?

　　旁人不解,他自己也不解。

　　只有他的父亲,当年赴北大荒的知青父亲,年过半百仍乌发戴顶的父亲,瞥见儿子的一头白发,背过身,流下泪来。

　　许多年前,在遥远边陲的小村庄里,像歌里唱的那样,知青爱上了村里的小芳。

　　知青从南方的家里,带了漂亮的丝绸送到小芳家,请求小芳父母,把女儿嫁给他。

　　小芳父母看一眼满目的花花绿绿说:这顶什么用? 要娶咱家闺女可以,在第一场雪之前砍半屋子柴禾,就行。

　　知青傻了。半屋子柴禾,怎么可能? 他以为未来的岳父母是故意刁难他。

同来的几个知青帮着他一起上山砍柴。可是冬天很快来了,砍的木柴差老远;第二年的大雪纷纷扬扬下来时,木柴还是不够。知青中有个鬼聪明的,出主意钉了个木架子安在里边,看上去,就够半间屋了。

所以这年冬天,知青娶到了美丽的小芳。

第三年的大雪纷纷扬扬下来时,小芳要坐月子了。冰天雪地,坐月子得一日 24 小时将屋子烧暖,半屋子的木柴,很快就烧掉大半,眼看,就烧到只剩下木头架子。知青这才明白岳父母的苦心,可是为时已晚,小芳没有熬过这个特别冷的冬天。

知青的头发就在那个冬天白了,白得如漫山遍岭的雪。

一年后,黑发重生。

三年后,他带着儿子回南方城市,又娶。

20 多年过去,他以为许多事情,已经淡忘。

没想到儿子顺顺当当长到 26 岁,忽然间一头白发——难道悲怆也会遗传吗?

那一年,知青也是 26 岁。

相依为命

看到的人都说,这是一个奇迹。

一个小小的古镇,一条小小的河,一座小小的石桥,一株 500 年的古樟。

石桥亦是长寿的,建于 200 年前还是 300 年前,不清楚了。反正它就造在古樟边,两条树根,犹如两根钢梁,一直架到河对岸。这桥就变成了名副其实的"石木结构",而究竟是先有桥,树根搭过了岸,还是树根先伸展到对岸,石桥顺势而建,也不清楚了。

记忆中清楚的是,上世纪 60 年代,曾经有人要砍了树去劈木材烧火炼钢的,因为它与桥连成了一体,怕树砍了,桥也塌了,就逃过了一劫。

上世纪 80 年代,有人建古桥博物馆,出高价想把桥移走。动手时才发现,所有石头的缝隙都爬满了粗粗细细的树根,离开大树,这座桥就变成了移堆毫无意义的石头,根本无法复原。就又逃过一劫。

小镇位于经济发达的沿海地带,上世纪 90 年代,这一带的古镇,随着人们钱袋鼓胀,都旧貌换新颜。小镇也想大动干戈的,但心疼这祖宗传下来的桥和树,更怕轻举妄动坏了风水,想来想去定不好方案,期间还拒绝了一些投资者,一拖再拖,便赶上了古民居修复保护的黄金时代。

而这一切都是相互依存，
相依为命的。
桥保住了树，
树保住了桥，
桥与树保住了古镇

　　如今这里成了著名的风景点,500年古樟冠盖青葱,古桥沧桑而又生机勃勃,小镇上民居保存完好,最难得的是,民风淳朴、天然,不贪婪,其乐融融。

　　而这一切都是相互依存,相依为命的。先是桥保住了树,再是树保住了桥,最后是桥与树保住了古镇。要说究竟是人保住了环境,还是环境保住了人,也说不大清楚。

姿　态

　　眼下的银行、电信、保险、房地产等竞争激烈的行业,经常会向客户赠送一些广告小礼品。常见的,如笔、名片夹、日历卡等。

　　我所见的最好的小礼品,是这么一个东西——

　　很简单,就是一双手,细细长长的两条手臂,圆圆胖胖的两只手。妙就妙在那手是软材料做的,可以随人的意志变换动作。这样一来,它就成了一种姿态了,一种随你塑造的姿态;它就成了一个人了,一个你想让它怎么面对你、他就会怎么面对你的人。

　　大办公室里的一位长者最先定下了它的姿态:他叫它做出一种小心翼翼地承接的姿态,让它时时刻刻捧着他的老花眼镜,以备他随时取用。这样办公室里的年轻人就不会再像以前那样,总是看见他满世界地在找他的老花眼镜了。

　　一位个子瘦小、以怕老婆著名的男士,将那两条手臂弯曲、上举,做成了投降的姿态,之后,洋洋得意。

　　最棒的小伙子让它做出一副随时准备重拳出击的姿态,他渴望强有力的对手。

　　刚毕业的女大学生将手臂高高地优雅地扬起,她在期盼谁的召唤?

美梦,爱情,未来？总之她的期盼该是美好的。

比较有意思的是一位中年男士,起先他做了一个作揖的姿态,那是他还没升迁、还坐在群众中间的时候。后来他通过竞聘当了部门主管,坐单间去了。下属走进他办公室,发现原来作揖的姿态改成了单手直指的姿态,那手臂伸得笔直,一个指头不偏不倚地正对着他自己的鼻尖。他一定是想时时提醒督促自己吧。他的业绩果然不错。

有位年轻女子坐火车来看我。她被检出为艾滋病毒携带者,此前我与她只是通过书信及电子邮件交往。她来也匆匆,去也匆匆,我来不及选购一件礼物赠送她,只好在办公室东看西找。笔、书签、小挂件、明信片,她都不喜欢。忽然我看见了办公桌上正做着某种姿态的那双手,我拿起来,将两条手臂弯曲为一个拥抱的姿态。

她立即喜欢上了它,她多么渴望世界给她一个拥抱的姿态。

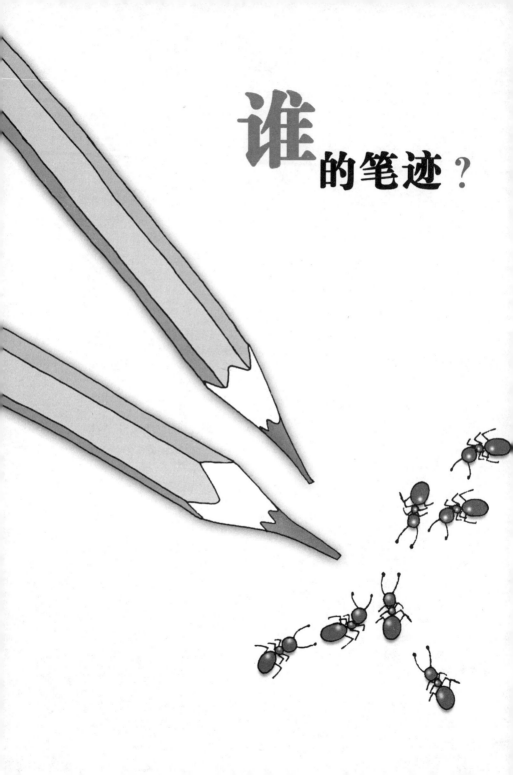

谁的笔迹

　　近来看了许多有关"非典"的文字。最震撼的不是名家、作家、写家们的,而是普通医护人员的日常工作记录。

　　有一个护士,那天上夜班。那个夜晚,有病人死了。

　　传染病医院的重症病区,夜间死人是常事,她又是老护士了,她像往常一样,全副武装地进门,对人去床空的这一间病房,作常规的最后的消毒处理。

　　目睹过太多的生离死别,她以为,处理生离死别,也只不过是日常工作的一部分了。

　　但那晚,那间空病房里,那张空病床上,却忽然响起了手机铃声。而且那铃声不是铃声,是惊心动魄的、十六和弦的《婚礼进行曲》。

　　这位逝者,本来是,正在准备婚礼的女子。

　　护士忽然感到了心痛。

　　护士的记录文字,到此为止。她有没有去接那只电话? 如果接了,她该怎么讲? 如果没接,她是将它关机,以免它在深夜里一遍又一遍地响彻病房,还是任其反复奏鸣,让对面那个关爱着她的人,继续心存希望? ——所有这些,护士没有说。

护士一定以为,那是工作以外的事了。

只好来说说差不多同时我听到的另一件事:一对结婚数年并有了孩子的夫妇,相继发病,分别在不同的医院就治。两人都为重症,男的去世,女的却活了下来。

事情已过去几个月,当女人痊愈,得到丈夫去世的最后资料时,她惊骇得一时说不出话来。她问医生,病人生命结束的时间记录是否有误,因为她分明在此后还收到过丈夫的手机短信。她记得很清楚,那天自己发过去的是:我爱你,坚持住。半个多小时后,女病人接到来自丈夫的几个字:坚持住,我也爱你。她说正是这几个字,让自己坚持了下来。

他说医生,倘若你的记录没错,那么,这个短信不是他发的? 不是他发的,又是谁发的呢?

这个痊愈的妻子和母亲始终也不知道那短信是出自谁手,要是她和我一样读到了那位护士的工作日记,她能否也和我一样,猜到这几个字,是谁的笔迹?

拾 金

一个埋在山坳里的宁静村庄,山很宁静,水很宁静,人也很宁静。

村庄小小的,几十户人家,几百号人。

宁静的村庄发生了一件惊天动地的大事。有外乡人经过此地,停下来问路,丢了掩在衣襟里、拴在腰上的一万元钱。待发现折回来寻找时,哪里还有钱的影子。

失主认定是小村庄的人捡了。挨家挨户小心翼翼地问,都说没有。失主坐在村头地下号啕大哭,这下村里人知道,外乡人的钱是借来的,借来给母亲看病用的。

村里人非常同情,也非常着急。一位受尊敬的长者出面,对失主说:你先放心回家,如果钱真是我们村的人捡了,他一定会拿出来的。他不拿出来,我们也一定会找到他的。

日子一天天过去,拾钱的人还没有找到,全村人都寝食难安。

村里的小学校,每天早晨,先生问学生的第一句话就是:"要是你捡了一万元钱,你会还人家吗?""我会还的。"学生们用稚嫩的童声答道。

每家每户,晚上睡觉前的最后一句话是:"要是你捡了一万元钱,你会还人家吗?""我会还的。"

村口小酒店,老板娘问拎着酒瓶的男人们:"要是你捡了一万元钱,你会还人家吗?""我会还的。"

水塘边女人淘米洗菜遇见,相互问:"要是你捡了一万元钱,你会还人家吗?""我会还的。"

……

这样的对答,一度成了村里男女老少的口头语、见面语、问候语。或者说,这样的拷问,形成了村庄的巨大的难以躲避的舆论氛围。

结果应该不难猜到,这一万元,后来完璧归赵。除了那位长者,都不知道拾金的是谁。村人觉得,这不重要。

宁静的村庄恢复了昔日的宁静。

在拾金事件中吃了"误伤"的是一位上门相亲的小伙子,当姑娘的老爹脱口而出地问及:"要是你捡了一万元钱,你会还人家吗?"小伙子竟不假思索地说:"当然不还,我会那么傻吗?"

老爹不由分说地将小伙子赶了出去。

失实的社会新闻

上班,摊开当日报纸,注意到一条社会新闻:

一个女人,三个月前,丢了一条狗。寻了整整一夜,没有寻到。就到大街小巷张贴寻狗启事。众所周知,这是违反城市管理条例的。女人被罚了款,寻狗启事也统统被撕掉。女人向单位请了三天假,用来寻找她的狗。三天过去,狗没有踪影。女人干脆辞了职,整天在城市的各个角落游荡,看见似曾相识的狗就冲上去辨认。好几次被人当作疯子。女人每天将狗屋打扫得干干净净,去超市买好狗粮,以备狗突然归来。

从秋天找到了冬天,当北风吹得满城黄叶飞舞时,女人终于绝望,她相信自己的狗永远不会回来了,这一天就割了脉。割脉后她忽然害怕,不是害怕自己死掉,而是害怕万一狗回来了,没人照看,于是打了120,捡回了性命。

引起我注意的不光是文字,还有一旁的照片。照片上的女人披头散发,神情委顿,这个女人,我觉得很面熟。

大概为了把这条社会新闻做得更有深度或者说更具普遍意义,记者还特意采访了心理专家。心理专家就此发表了一通宏论,有关都市人群的心理健康,养宠物与心理依赖的关系等等,没有必要在此细述。

　　一条社会新闻做到这样,大概也算可以了,假如我们不知道那女人底细的话。

　　可是在下班的路上我忽然想起来了。她就住在我家的附近,上下班路上、自行车库里,偶尔照面,没有打过交道,遇到仅点点头而已。

　　果然停车时,听到人们议论加喟叹。说这个女人蛮苦的,她和她的男人,感情好得不得了,可惜男人得暴病死了,给她留下一个孩子。她一心一意养孩子,孩子又在一场意外事故中离她而去。那小狗本是孩子养着的,孩子死了就由她照管。现在狗又没了……

　　那条社会新闻尽管讲的都是实情,我觉得还是失实的,它失之冷酷,失掉了应有的悲悯。

记者的立场

　　我所在的城市,曾经发生过一起与东北宝马案相似的事情,所不同的只是,那车不是宝马而是一辆桑塔纳,被撞的人没有死而是成了重残。故此案也就不如宝马案那么沸沸扬扬。

　　那是在媒体报了、肇事者在押了、尚未判决的时候,我在一个饭局上,在座的是各路记者,认识的不认识的。我听他们你一句我一句,在议论一个人:

　　他是某某的公子,人很聪明,在高干子女中算是厚道的,这件事情他蛮亏的,现在的行人也真不讲理,他平时脾气还好的么,那天是怎么的……

　　好一会儿我才听出,他们在议论的是谁。我还听出他们对肇事者的偏袒和同情,众口谴责如今行人的素质是多么差,让有钱买车的人仍然买不到速度,能不火气上升吗?

　　他们大多是与时俱进的年轻记者,散席时纷纷问我需不需要搭车,我于是明白了他们那番议论的由来。他们有车了我也高兴,只是我杞人忧天,担忧富起来了的记者的立场。

　　不幸的是,我的担忧在大报小报的长篇短章上一再地被证实。前几

我想那记者一定居住在没有煤饼用户的高尚住宅区，
他一定难以想象，
这么贱的煤饼，
有什么必要短斤少两

天看到这么个标题：《搞笑，煤饼也会短斤少两》，一个市民来电诉说，以前每100斤煤饼是68个，现在仍然是68个，但每个都小了一点点，这样100斤就少了20斤。

看到这个报道我就想起20多年前，我的弟弟们准备高考，我父亲每天天不亮生煤饼炉，做饭给他们吃的情景。

这一幕已经非常遥远了，如今我们大家都无法想象再去拾掇煤饼炉。可是在我居住的小区里，仍然可见有老人在生煤饼炉子，那烟直升我们四楼的阳台。

我想那记者一定非常年轻，他一定居住在没有煤饼用户的高尚住宅区。他一定认为卖房子耍花招短斤少两是有可能的，卖家具玩心计短斤少两也有可能，卖汽车、卖电器什么的，如果短斤少两都属正常，他一定难以想象，这么贱的东西——煤饼，还有什么必要短斤少两？他一定觉得事情很滑稽，不可思议，当即拟下这么个标题——《搞笑，煤饼也会短斤少两》。

我看不出这有什么好搞笑的，想象着一个贫苦的老人在一个一个地数着他的生活必需品——煤饼，他被坑了，我只觉得辛酸。我想标题应该改为：《辛酸，煤饼也会短斤少两》。

在无意间

　　一个是马来西亚的华裔专栏作家，一个是中国内地的专栏作家。两个女人，没见过面，没通过话，甚至没通过信，原本，是毫不相干的。

　　不过她俩有个共同的熟人，是位热心于文化交流的先生。他与她俩保持常年的电话联系。热心人的特点之一就是话多，电话里，说完了相干的事，往往要再说些不相干的事，比如和马来作家说说中国作家的事，又和中国作家说说马来作家的事。相干的事是有限的，不相干的事是无限的，所以有时电话就会长得让人受不了，有时甚至嫌他有点烦。

　　几年后，她和她在某一场合见面，竟然一见如故。才知道，在热心人絮絮叨叨的电话的日积月累中，在无意间，她俩已成了知己知彼的朋友。

　　有个中年男人，他的父亲去世后，就将老母亲接来同住。住在一起相互呵护亲情殷殷什么都好，只是在餐桌上，老母亲每天饶有兴致地讲述儿子小时候的故事，一遍又一遍，细枝末节从不拉下，讲得中年男人不胜其烦。想打断，又觉不妥，只能忍。

　　数年后，老母亲亦离开了人世。餐桌上忽然变得清静，中年男人觉得食之无味,郁郁寡欢。一日,餐桌上,妻子含笑讲起男人小时候的故事,细枝末节齐全。男人听着,潸然泪下,才知道,在老母亲日积月累的絮叨中,在无意间,两代女人已完成了母爱的交接。

不需要立遗嘱的人是幸福的

饭桌上有人说起,他原先的一个同事,三年前退休,一不旅游二不打麻将,在沪杭两地炒起了房子。炒房本钱不够,是向亲友借的。这两年房价飚升,他一下赚进好几百万。前几日,到上海近郊看房,想着又有不菲的进账,一高兴,没留神,被一辆横刺里出来的农用车撞到,当场死亡。

大家说这可太亏了。讲述者说还有更亏的。那人至今还住在单位分的小破房里,买进的房子,都还没顾得装修,见价钱好就先脱手赚差价,赚了又买,买了又卖。人一走,账目极其复杂,名下好几套房子,有现房有期房有出租房,但亲友的钱并未全部还清,银行里也有数额不小的借贷。

大家说这可够复杂的。讲述者说还有更复杂的。那人有过两次婚姻,两次都有孩子。与前妻感情破裂,但与前妻的孩子感情好;与现妻当然恩爱,但与现妻以前的孩子关系紧张。两拨人吵个不休,再加上前来讨债的,闹哄哄一团,死者反被晾在了一边。

一个说,早知道立下遗嘱就没这种麻烦了。众人附和。

一个说,现在立遗嘱的人是越来越多,而且也越来越早了,报上登了有关部门的统计数据,以前都是七老八十了、患绝症了才立,现在呢,年纪轻轻的都立遗嘱了。

报纸是当社会变革的新现象来报道的，人民兜里有余钱了，法律意识增强了，亲情也更理性化了，对生活之变数也更有心理准备了，等等。

以上说法我全都赞成，但我几乎是同时想到了这句话：不需要立遗嘱的人是幸福的。

不需要立遗嘱的人，他没有过多的钱，他的生活比较简单，以朴素而充实为底线。他不必挖空心思去赚大钱，他的钱刚好够花还多出一点点。经济宽裕时，他就手比较松，花钱买享受，花钱买自在。他当然也有常规的积蓄，但不会多到害怕贬值，不会多到有需要投资之累，更不会多到让将来的遗产继承者为此打破头。

不需要立遗嘱的人，他的人际关系比较单纯。他拥有比较完美的家庭，他爱家庭中的每一个人，他相信自己离世后，家人对自己的思念要更甚于对金钱的惦记。他的所有遗留，自然而然地会给本该继承的那些人，他并不需要在死后还高高在上地体现自己的意志和恩惠，仅仅是为了金钱的分配。

不需要立遗嘱的人，他的岁月比较宁静，他活着是为社会增添快乐而不是污染。他无需疲于奔命，一般不处在旋涡中心，对人对己都心平气和，他不贪婪因而也较少邂逅杀机。更重要的是，他也不担心命运无常，也不担心遭遇变数，他的存在和离去都是轻松自然的。

不需要立遗嘱的人，他该留赠给后人的早就给了，他的智慧，他的手艺，他的性情，他的爱憎，他的轻松洒脱的人生态度，钱是最后的，相比之下是无足轻重的。

不需要立遗嘱的人，在世人心目中也许算不上一个成功的人，他没名没利，不够辉煌，不够显赫，甚至对社会的贡献也不够大。但他有充分的时间和心情来享受生命，来爱他所爱的人、事、思想，包括爱他自己。

不需要立遗嘱的人是幸福的。

第三次机会

企业成败的要旨之一，是用人。用人的要旨之一，是信任。

这些都属老生常谈，谈什么谈？

我认识一个企业家，他谈的，就有一点点意思。

他说看起来打工的人满街走，一呼一大片，真正好用的人其实并不多得。所以他用人，只要看准了的，看好了的，他一定容忍他的哪怕看起来是相当愚蠢、相当荒唐的，甚至已经造成了损失的错误，给他改正的机会。

能给几次？

三次。

为什么是三次，有什么依据吗？

企业家讲了多年以前的一个故事——

那时我高中毕业没考上大学，乡下的父母兄嫂都支持我复读再考一次，我坚持自己出门闯荡，进城打工。

我到处碰壁，家里带出来的不多的钱很快用光，我已经整整两天没吃东西，而且回家的路费也没了。正是傍晚城里人下班、交通最拥堵的时候，鬼使神差地，我挤上了一辆公交车。那时的公交车不像现在那么有次序,前后共三道门,都可以挤上挤下的。

行驶中,有乘客高喊"丢钱啦",我心一凛,因为他丢的钱,正在我的手中。我已经快挤到车门边,准备车一停靠,就溜之大吉。

这时有人提出直接开到派出所,有人急着回家,车厢里吵吵嚷嚷的。那司机把车停靠在路边,打开车内照明灯,准备查找。这时乘客中冒出一句:"关上灯,让他拿出来。"灯灭了大概有一分钟吧,我的心里激烈斗争,拿,还是不拿?正在这时,灯亮了,大家看地下,没钱。"再给他一个机会吧。"车内又恢复了黑暗。饥肠辘辘的我,考虑着是否还出一部分,稍稍截留一些钱,否则饿死也是死,最坏去派出所,也能混顿饭吃。你看,人在饥饿时,思维就是如此混乱。

灯又亮了,地下还是没有钱。车内开了锅,算了算了,去派出所。这时又有人提议:"给他最后一次机会吧。"这话让我猛然清醒,当灯再次熄灭时,我把那笔钱全部交了出来。

这事过去很多年了,我感谢那个不知名的声音,在车灯的明明灭灭中,那似乎是神灵对我良知的召唤。

我尤其感谢那第三次机会,因为,机会总是短暂的,转瞬即逝的,第一次机会来临时,可能缺少思想准备;第二次机会来临时,可能缺少行动方案;而等到第三次机会,明白的人,一定知道应该怎么做了。

高人对高人

有家造锁公司,出了造锁高人。

造锁公司自信世上无人能破解他家的锁,悬赏百万摆擂台,寻找开锁高人。这比连篇累牍地做广告说他们的锁如何如何棒,效果应该好得多了。

从理论上讲,世上没有不能开启的锁,事实亦是如此,没过几天,开锁高人浮出水面,头衔是某开锁公司的总经理,此前真不知道开锁还有公司。

开锁高人做事很老到,从头至尾请了公证员,见证了整个买锁、开锁的过程。

怎么开锁是个技术问题,我弄不懂,也说不清楚,只知道随后造锁公司召开新闻发布会说:开锁公司开锁的方法不地道,因为,并不是按照游戏规则开的锁。

开锁公司回应说:开锁的方式也要规定,岂非笑话? 难道小偷会按游戏规则,会按着你的方式开锁?

报纸上热热闹闹弄了好几天,到此,引起我的兴趣来了。

开锁高人要兑现奖金。

造锁公司自信世上无人能破解他家的锁，悬赏百万摆擂台，寻找开锁高人

造锁高人哪里肯爽快兑现。

开锁高人要告造锁高人。

造锁高人说你要告你就告好了。

就告了。

法律程序在过程中……

媒体不惜版面,报道在连续又连续中……

高人对高人,依我看他们应该握手言和,因为他们都已赚足了广告效应,吸引了相干和不相干的无数眼球,他们已经双赢。

正在此过程中,我偶然在办公大厦的电梯上遇到一同事。引起我注意的,是她手中叮叮当当的一大把钥匙。进一步引起我注意的,是她的满头大汗。在这舒爽宜人的秋季,什么事情使她如此紧张焦急?

她抱怨说:去配了 10 把钥匙,竟有 7 把开不开,返工,还有 3 把不行,你说急不急人,烦不烦心?

我表示了同情后她继续抱怨:就是那家造锁公司!

哪家?

打了擂台又打官司的那家。

真乃高人对高人也。

轰动效应

如今办报都走市场的路子了,一篇稿件出去,要有轰动效应,才算是成功的。总编辑嘉奖,一般也就据于此。

某报接情感热线的女记者,有天接到一个电话说:我只道有钱的男人靠不住、花心,没想到没钱的男人也靠不住、也花心。于是讲了自己的故事——

她是外地人,辗转了好多个城市,最后选定了杭州。从做小生意摆地摊起家,脚踏实地一点一点地积累,到前年,总算挣了两家店铺,其中一家还在黄金地段。

站稳了脚跟,她想成家。因为生意忙,无暇谈情说爱,她很理性地环顾四周熟人圈,有三个男人似乎可供候选。这三人背景都与自己相仿。其中一个,当年对自己有过意思,这两年事业发展很旺,她想现在他可能会中意比自己更年轻的女性;另一个混得和自己差不多,对她不错,但身边女朋友多,而且对所有女朋友都不错;第三个是她的雇工,没钱没业,对自己倒是忠心,眼下有一家店铺就是让他管着。

权衡再三,她选择了第三位,恋爱,结婚。

她的选择也许是对的,因为感受到了幸福。也许正因为感受到了幸福,结果才会那样地令她伤心。

结果就如女店主一开始说的,那男人靠不住,和店里一个漂亮女孩子好上了,双双不辞而别。

起先她怪自己招的员工太漂亮了,但她说开店么,总想有个好看门面的,尤其是黄金地段的店。

她找过他们,没找到,她准备关了店铺走人,永远离开这伤心之地。

女记者将此事的始末整理成文,见报后,竟然引起了轰动效应。据读者反馈热线组统计,该文打进电话为当日之首,按规定应获总编辑重奖。

但查看记录,大家随即发现了轰动的原委。90%以上的来电都是来关注那两间店铺的。他们的共识是,既然永远离开,店铺肯定急着转让,而一个伤心的女人,对钱应该看淡,所以绝对不会出高价的。

让　路

星期日的上午,他受夫人之命去买菜。拎着大包小包回来,走到楼梯拐弯处,见收旧报纸的人从楼上下来,脖子上挂着一杆秤,左手报纸右手废铁,腋下还夹一个压扁的纸箱。

他本能地退居一旁,想让对方先过去。

几乎是与此同时,收旧报纸的人也闪在一边,与他略有区别的是更加贴近墙根,以让出更宽敞一些的路。口中喃喃:你先过,你先过。

他过去了。

过去之后他才想起,在让路这件事情上,自己与收旧报纸的人的习惯,原来是一样的。

自己不是收旧报纸的,为什么也习惯了让路? 少年时,是出于礼貌,让成年人先过;成年后,因为历史问题屡屡成为运动对象,是出于卑谦;老年了,怕被步履匆忙的人们一头撞倒,是考虑安全。

这一让就让了六十年。

为什么直到今天才意识到这点? 那是因为,过去的许多日子里,所有被让的人都不客气地先过去了,除了收旧报纸的人。

看来和自己迎面走来的人,都是习惯于被让的。

自己一让再让,大概耽误了很多事情吧。

那些总是先过去的人,又争得了些什么呢?

以上是去年冬天一个老人对我说的。他是一个很有成就的作家。

我想那些从不愿让路的人们总是盯着前方逐名逐利的目标,而老作家在让路的同时,总是看着人们各不相同的步态吧。

女主人和小保姆

那天有人谈起一条社会新闻。一说，很多人都有印象。

说是一个乡下姑娘来城里打工。在家政公司被一雇主选中，到她家做保姆。

万没想到，那个女主人从不拿她当人看，百般挑剔，万般折磨。小保姆努力把事情做得更好，更符合要求，但女主人从来也不会满意，从来不会有笑脸。日后回想，那段日子就像是在一个噩梦中。据说以前这一家的保姆，没有哪个是做到三个月以上的。她是看在男主人及孩子的份上才坚持了两年多。

姑娘读过几年书，人蛮聪明，在城市稳定下来后，慢慢留意商机，做起了小生意，起起落落的过程省略不说，10年后，她有了自己的小企业，以及一个小家。

这时她也需要雇请一个保姆了。她到家政公司，就窄路相逢般地，遇到了原先亏待过自己的女主人——生活真像做戏一般。

"女主人"低着头，没看到她。她看了她的材料，原来，她的单位转制，她没什么业务特长，只好回家了。

"小保姆"想了想，或者说，没怎么想，就点名要她——这一细节，报道里没多说,说得具体详尽的是,她雇了后,反其道而行之,非常地善待她,让她由恐惧而吃惊,而感动,而忏悔。

这条新闻所阐释的以德报怨的道理应该很明了,本身没什么可说的,我想说的是我们对此的争议。

有人说:我觉得她没那么高尚,其实她是想报复她。无论善待还是恶待,都是报复。

对。有人附和,生活已经给了"女主人"报应,她再雇她有点雪上加霜。让前"女主人"朝夕面对前"小保姆",只有女人才有如此的心计。

但她还算好心,并不以牙还牙。

哪里,换我,宁愿她以牙还牙,倒可以扯平,谁也不欠谁。你们不觉得善待是更大伤害吗?

……

我觉得他们的议论有道理,只是我不喜欢那样的说法。

我认可她第一眼看见她,并决定雇佣她时,心里滋味是复杂的,也许真有报复一下的念头。但她表现出来是善的。她表现善了,我们就没有理由去那样揣摩人家。

我宁愿这样看:她一直以来就想告诉前"女主人",人对待人应该怎么样,可以怎么样,但她一直没有机会说。现在终于有一个机会,她说了——用这样的方式说。

谁比谁更卑劣？

谁比谁更卑劣

在西北回南方的长途列车上,几天几夜耳鬓厮磨的软卧车厢里,一位素不相识的女士向我倾倒了许多郁积在心里的故事。

她是南方人,气质高贵,有本科文凭,十多年前辞掉公职下海,从此为金钱而南征北战。年前她在内地某大城市卖掉了经营得正红火的一处娱乐产业。撤退吧,她说,这种钱赚来心里也不安。

在她刚刚撤出来的那座城市,她是个红人,她熟识当地所有的头面人物,曾作为该市的精神文明个体经营者而荣登主席台。

她说这种行业应该视为一个陷阱,表面上看不出来,涉足其间才知道,不那样做就意味着你要赔钱,起初只是为了收回投资,打擦边球,以致逐渐堕落。后来没想到,钱赚得还真是容易。这番解释在我看来,是她为自己的良心搭的一个台阶。

前年夏天正是生意最好的时候,当地的公安局长来找她。局长的公子那年高考,想考首都某重点高校。局长在当地叱咤风云对北京却鞭长莫及,知道这位女老板在北京有哥儿们。局长还真找对人了。

通过关系她很快将那高校派来招生的使者的底子摸清。待他抵达时,她亲自驱车前往机场接驾,不露声色地"尽地主之谊",陪同旅游、逛街。其间对方稍有流露对某件物品的爱好,善于察言观色的她立即为他置办好,直到耗资数千,遂出示局长公子的准考证号码。

招生使者很讲义气,但也很守准则,拍胸脯说,只要该生考分上本校录取分数线,就没问题;若不上,那是要打官司的,他不干。

公子的考分果然上了分数线,然而上线的有八十余人,核定录取人数却只十名。更为棘手的是,公子考分排名第七十二,几乎是没有希望的了。

招生使者却真的很讲义气,说到做到。当招生办工作人员按考分高低调出档案,他粗粗一瞥便统统退档,再调一批,又发还,如是再三,久经沙场的招生办工作人员心中有数,遂出示所有上线档案。局长的公子就这样被录取了。

因事先有所允诺,事成后女老板示意局长以家长的身份略表酬谢。局长打算宴请,她认为不妥,太惹眼,并建议送一红包即可。谁知局长说,手头没有现钱。她方明白,宴请本是可以签字报销的。这不是明摆着还要自己破费吗?本来这也是小钱,但她觉得堂堂局长也实在太吝啬,想了想说:这样吧,你设法弄张三千元餐饮发票来,我替你找个地方报销。

局长果然照此办理。红包送了。公子入学了。从此女老板的经营亦高枕无忧了。吝啬于自己腰包的局长大人在公事上倒是特别慷慨。

话匣子打开,诸如此类的故事女老板对我说了整整一天一夜。说起那一个个被她"摆平"的对象,她的语气与神色带着毫不掩饰的鄙夷。

她说几年中钱是赚了不少,但不多不少刚好赔进了股市里,这说明不干净的钱是不能赚的,来多少去多少,去了反倒心安。

她说现在回想起业已离开的那座城市以及那儿的人,就像是曾经做过的一个噩梦。

　　她早年离异,小孩归对方。这几年她最大的损失是折损了对人的信任,包括情感信任与人格信任。女人到了中年总希望心有归属,但她现在还能轻易地相信一个道貌岸然的人吗? 天知道谁比谁更卑劣? 她反复地问。

划清界限

　　楼道上传来凄厉的哭声,楼上的老爷爷死了。

　　老爷爷 80 多岁,精瘦,沉默,走上走下像影子一样。只是每当他走过,我们门口的垃圾袋就没有了,因此他走上走下,又像雷锋一样。

　　我们送上去一个花篮。与老人同住的小儿子,与老人十足差四十多岁,和我们讲起平时从来不讲的事:

　　——我生下来就没见过我爸,只晓得他是个劳改犯。他刑满释放时,我妈已病故。那年我 29 岁,还住在单位的集体宿舍里。有一天单位保卫科找我去,指着一个陌生人说他是我爸。我 29 岁才认得我爸。我向单位打报告,要了一间小屋,从此他就跟我住了。我结婚后,他仍然跟我住。直到现在。

　　——你和你爸感情还好吧?

　　——完全谈不上感情,只因为确凿无疑地知道他是我的父亲,他老了,没有能力养活自己,我不管他谁管他。

　　——你爸没有别的子女,就你一个?

　　——有个比我大十岁的哥哥,他早跟父亲划清界限了。

　　——好像没见你哥来过。

——是的,自从我收留了我爸,他好像和我都划清界限了,我结婚他都没来。听我妈说过,我哥小时候,我爸是很宠他的呢。

我们邻居都知道,老人的小儿子和媳妇都是普通工人,工厂不景气,就出来起早摸黑做蔬菜生意,要养一个老人还要供一个孩子读书,日子紧巴巴的。尽管媳妇时不时要数落老人,但他们终于尽了责任。

老爷爷的丧期里,我们仍然没有看见大儿子出现。我们只看见一只安放在特显眼位置的特豪华花圈,是用鲜花扎成的,缀满了金黄色的天堂鸟。

吊唁者的署名让大家非常吃惊。那个名,冠上老爷爷的姓,是大家很熟悉的一个名字,他是掌管一方的官员。

他的飞黄腾达,正是划清界限带来的好处吧。

孝之殇

　　怎么看人？我曾自以为是地总结出一条秘诀：不要看他对你好不好，要看他对别人、尤其是对老人好不好。

　　因为对你好他也许是有目的的，对老人好却通常是无所图的，一个能对老人好的年轻人，应该具有起码的道德水准吧——我曾对一些正处于恋爱中的女孩这样说。

　　可是那起事故给了我当头一棒。

　　在全国最大的羊毛衫加工集散地，有一个四川商人，拖欠了自己厂里工人的工资，以及该市场18个工厂的加工费总共百万元，在某一个晚上，神不知鬼不觉地销声匿迹了。

　　这个四川商人是半年前找上门来的，他很快就打开了局面。他手里有比别人多得多的加工订单，他出的加工费比市场一般价格都要高，他承诺的结款方式也比别人优惠。

　　但这些不是最主要的。这年头，生意场上谁没点儿警觉性？对于这个远道而来的客商，人们凭什么信任他？

　　据被骗的厂主们回忆，这个四川客商二十七八岁，长相诚恳，个子不高，衣着普通，寡言少语，看起来比较成熟稳重。而最与众不同、最令人感动的一点是,这个四川小伙子,路远迢迢做生意,竟然带着年迈的父母亲。他说自己是独子,父母在家没人照顾,干脆带着走。老父母的房间,就在他办公室的隔壁,他可以随时嘘寒问暖。这一点,以前众厂主看在眼里从未提及评价,直到被骗后,才知道,大家竟然都如此地看重这一细节,他们的共识是——这样孝顺的人,当然是个好人!

骗子遁形的当天早晨,人们不约而同地敲打隔壁老夫妇的寝室,发现也已人去楼空。只可惜在这里,孝,也成了骗局的一部分。

这个案子所反映的人们对孝的看重,在现代人对传统美德多少有些不屑的今天,令人吃惊。

回家的路

"家住哪里?"一个简单而常见的问题。

可此时,问答双方不像你所想的,是老师和学生、老板和应聘者,或是户籍警与所辖居民、交通警与迷路小孩,现在是在国徽高悬的法庭上,现在的问答双方,是威严的审判长与作恶多端、杀人如麻的死囚。

因而这样一个简单而常见的问题,却让死囚一时呆住了。

"家住哪里?"

他想说:某某城市某某花园别墅某某号。

不对,这个有保安有狼狗护卫的豪宅,只是他与美貌女人寻欢作乐的地方,是他藏匿犯罪事实的地方,也是他最后一起杀人劫金库案事发后他被拘捕的地方。这不是家。

记忆的页面往前翻,他想说:某某城市某某街区某幢某单元某号。

不对,这个寒冷的北方小城的单元房,只是他相好的女人居住的地方,也是他杀了那女人的丈夫、霸占了他的财产他的老婆他的一切,最后又杀了女人匆匆逃离的地方。这不是家。

记忆的页面又往前翻,他想说:某某县某某镇某某街某号。

不对,这个江南湿漉漉的水乡小镇,是他犯了案临时藏身的地方,也

要是他早一点想起回家，也许就不会像现在这样，永远回不了家了

是他杀了好心收留他的小店店主及其全家人,劫财后神不知鬼不觉离去的地方。这不是家,

再往前,他想说:某某市某某工厂集体宿舍。

不对,这个南方沿海地区闷热的牢笼般的住处,只是他在干完一天苦力活后蜷缩的地方,是他跟上铺兄弟一起参与斗殴误杀了人、从此开始了犯罪生涯的地方。这不是家。

再往前,他想说:某某县立中学学生宿舍。

不对,这个曾让他对未来满怀憧憬的校园,只是他因交不了学费蒙受羞辱的地方,是他因家境贫寒遭受心爱女孩拒绝的地方,是他伤心失望与老师同学家人以及故乡不辞而别的地方。这不是家。

"家住哪里?"恍然中,他听到审判长再次发问。

他一愣,回过神来。终于回答:某某省某某县某某乡某某村。

是的,这是他的家,有温暖的、有亲人牵挂的家。

已经有多长时间没有回家了啊,以致快忘了回家的路。亲人的音容笑貌,也都已经模糊了。

找回自己的家,死囚用了足足三分钟。

这是多年以来他第一次,也是最后一次回家。

要是他早一点想起回家,也许就不会像现在这样,永远回不了家了。

感恩的资格

不知你是否遇见过这样的人,在我的视野里就有那么一位——

他绝顶聪明,知识储备丰富,记忆力惊人,大脑可以天马行空,只不过是因为性格和机遇方面的种种原因,没有做出足以让人刮目相看的大事情。

他又十分无私,非常乐意为周围有才有志的年轻人出谋划策,指点迷津,其实他比他们大不了多少,就十来岁吧。但他的指点却是实质性的,真可谓有点石成金之奇功。这些年轻人当中,后来果然有好几个在不同的舞台上各领风骚——获奖、成名、被提拔重用,等等。

应该说在指点年轻人时他的内心是快乐的,眼看着年轻人终于出类拔萃时他的内心仍是快乐的,毕竟也算间接地实现了自己存在的价值。令他彻底心冷的是,那些人并没有怎么记得他,感谢他,并没怎么拿他当恩师看。人过中年的他,落寞时想找那些人来聊聊,他们客气地说:忙,改日吧。恩师于是倍感心酸,说人哪,真是世界上最势利的动物。

有一天我与人闲聊,对方忽然说起在自己的生命中有位永世难忘的恩师:"我这人直到大学毕业依然浑浑噩噩,不知道自己究竟该干什么,幸亏遇到了他——不过我从未当面对他说过。"

我听了好一阵感动，又由衷地为那位恩师高兴。那位恩师不是别人，正是上述落寞而辛酸的恩师。

逮一个机会我向恩师转述了那段话，我一直想告诉他，想让他知道并不是所有人都忘恩负义。他听完后问：谁？你说的是谁？我答了是谁。他带几分不屑地说：哦，他呀。此刻恩师的意思清楚地写在脸上：他算什么？他的感恩又算什么？

那年轻人踏实而勤勉，只是没来得及成名成家、升官发财而已。

原来感恩也是要有资格的。

闲言碎语

　　第一她美丽，第二她离婚了，第三她是总经理的秘书。这就足以让她享有够多的闲言碎语。

　　而最近她办公桌上出现的一桢精美相片，更让闲言碎语有了明确的指向。

　　相片尺寸很小，约十厘米乘七厘米。像纸发黄，不知是做旧的还是真的老照片。一男一女的半身胸像，男西装女旗袍，男成熟女纯真，男忧郁女浅笑。镀银的小像框雕出精细的花纹，陡增相片的珍贵。放在她一尘不染的办公桌的一角，电话机与记事本的中间。

　　是什么人呢？她的长辈还是平辈？她的亲戚还是朋友？那一男一女是什么关系？夫妇还是恋人？父女还是师生？与她又是什么关系？男的是她曾经的男人还是眼下的男人？女的是她曾经的女友还是眼下的情敌？她将它摆放在这么朝夕相对的地方，是为了念念不忘还是为了耿耿于怀？

　　大家都看见了，都在猜测，都在议论，却没人去问她，她也从来不说起。于是人们对这桢相片的兴趣与日俱增，认定那关系到一桩隐私。因为有人曾见她对着相片拭泪，有人曾见她对着相片含情脉脉。

终于有人发问了,那是刚招聘进来的大学生,一个无忧无虑的大男孩,只是随口一问。

她回答他说:这两个人我都不认识的呀,只是偶然捡到,觉得好看,相框和相片都好看,像有故事似的,就随便放在这儿做装饰,怎么,奇怪吗?

关于相片的闲言碎语立刻就没有了,连相片以外的闲言碎语也渐渐地,没有了。

作祟的床垫

这是我所接触到的最令人同情的消费者。

是 3.15 消费者权益日前后吧,报社来了个年轻女子,投诉某床垫生产厂家。那家工厂生产的床垫,牌子是响当当的。

她很漂亮,然而眼圈发黑,睡眠质量不高的样子。

果然她说:唉,吃尽了这床垫的苦头,白天还不明显,晚上那个气味啊,闻得我头昏脑涨。原想坚持几天会好的,可是现在一个月多了,太阳晒过风也吹过,都没用。

我很同情,立即与厂家联系。

厂家很重视,立即派人拉回床垫,并请我与那女子一同参观了他们的生产流程。我特意带上摄影记者,准备必要时做做文章。

工厂是清洁明亮的,操作是合乎规范的,床垫内芯的原材料也看不出有什么猫腻,也不觉得有什么异味。但消费者不满意,问题总要解决。商议结果,给重新做一张保证质量的床垫。

几天后床垫送到,气味倒说是没有了,但女子提了个要求,说那天去你们厂,看到床头的厚厚的靠垫靠着看电视很不错,能否给我们加做靠垫。

当然可以，没几天，靠垫送到。

可是我又一次接到了那女子的电话。她说仍然不行，靠垫一加，她觉得又有异味了；再是，她新婚的丈夫个子很高，靠垫一加，床垫又太短了。

这回我有些同情厂家了，我说那天尺寸式样不都是你自己敲定的吗？不过我还是试探着给那个态度很好的女业务员打了个电话。电话里女业务员几乎要哭出来了，但她还是再次上门，重新丈量尺寸，决定给她重新做一张。

当量身定制的、加长的、带靠垫的新床垫终于完工，厂家要送货上门时，却得知，那张床垫她不要了。

这回女业务员真的哭了，她所在企业的品牌很黄金，若发生此类情况，即消费者最终也不能满意的情况，她是要敲掉饭碗的。她哭着说，怎么会有这么难伺候的消费者呢？

我真的很同情她，那位女业务员。

但没错，那买床垫的女子是我所接触到的最令人同情的消费者。

她为什么不要新床垫？是因为她的婚姻完了，维持了才半年。

她为什么左右不舒服？原因是婚姻不舒服。

婚姻作祟，婚床才作祟。

当婚床不再作祟，婚姻也就随之结束了。

蓝色妖姬

丈夫的业余养花水平,已经达到了很专业的地步。情人节前,花商将一种蓝色的玫瑰炒高到 280 元一枝时,他就对着电视仔细察看并十分疑惑地说:好像,没听说过蓝色的玫瑰啊。

节后终于有媒体披露,"蓝色妖姬"是利用普通白玫瑰,以技术含量较高的染色工艺制作而成。因目前国内花卉生产企业此项技术尚不过关,所以我们见到的"蓝色妖姬",都是千里迢迢飞过来的。一道道商人都要赚钱,市场亦有需求,价格叫到这么高,我看也属正常。最多,就是"信息不对称"。毕竟,它不是活命的粮食和救命的药品,它是奢侈品。

我觉得可笑的,倒是得知真相后的反响——

一位买了 3 枝"蓝色妖姬"奉献给女友的先生说:早知那是假的,我才不会花这冤枉钱。

另一位先生说:买了一束"蓝色妖姬",好像吃了一只苍蝇。

更有著名的爱情小说作家评论说:玫瑰有价,爱情无价,送花如果一味以价钱衡量,就会亵渎了神圣的爱情。……

为啥可笑?

其一:这花儿做起来也不易。业内人士说,它起源于花卉大国荷兰,

我喜欢这美丽的『蓝色妖姬』，

我觉得它与眼下一些爱情倒是十分般配，

花不亵渎人，

人也不亵渎花的

需采用对人体无害的染色剂和助染剂调和成着色剂,等白玫瑰花将熟未熟时,切下放进着色剂中,让其吸吮整整两天,然后用发胶将一些金、银粉固定在花瓣上。花色要逼真又得比真的还美丽,明明被设计过,却要如枝头上刚刚摘下一样地新鲜可人,实属高新技术,咱们不是还没研制出来么。还要经过妥善包装长途跋涉,终于被你用来成功示爱,怎么冤枉你了? 几百元钱算什么?

其二:要是没有"蓝色妖姬",你拿什么来如此方便地证明你的爱?在手腕上割一刀吗? 既愚蠢又让人害怕。爬到悬崖上去采一束吗? 万万不能,性命价更高,而且,有花的悬崖也实在太远。你平日里忙着赚钱冷落了爱,关键时刻它大助你势,怎么就变成苍蝇了?

因此我很喜欢这美丽的"蓝色妖姬",我觉得它与眼下一些爱情倒是十分般配,花不亵渎人,人也不亵渎花的。如若他拿刚从枝头摘下的带露的玫瑰去代表他的爱,倒有可能,亵渎了玫瑰。

临终惊扰

父亲少小离家,老大不回,乡音也所剩无几。

然而在他生命的最末几天,半清醒半迷糊中,忽然吐出满口的家乡话。我们听不懂,心下着急。怕耽误了什么。转而想,他并不是与我们说,他是在与先他而去的父母兄长们说,他必是回家乡了,回到童年去了。

这只是我的揣测。你我都没死过,不知人之临终,究竟在想些什么。但至少有一点我们应相互提醒,假如他正溯着生命河流回到从前,在某一段爱情、亲情中徜徉,咱可千万,千万不要去惊扰他。

然而常从电视新闻中看到临终惊扰的场面——

或是鞠躬尽瘁,或是见义勇为,英雄已奄奄一息。有关领导有关人员及随从一干人来到病床边,灯光白炽,摄像机转动,那人对着一息尚存的英雄抑扬顿挫:"你——是好样的!你——是大家学习的榜样!我代表——××领导来看望你,向你表示……"我看那英雄鼻孔插着输氧管,眼睛定定地看着天花板,我愿他什么都没看到听到,我愿他没受惊扰。

我不太相信,至少是不喜欢小说和电影中那些人物至死还处于他的阶级立场当中。我宁愿人之将死的最后的意识里,英雄也该从高地上撤下来,回到爱人的怀抱,杀人犯也该折断血刃,想念母亲的摇篮。我相信那是可能的,因为死是对生的一次重大修正。

我当然不反对领导去慰问英雄,倡导好风气完全应该。但我想他应该穿软底鞋轻轻地进入,把一束鲜花放在英雄的床头,再握住他也许疼挛也许发凉的手,什么都不必说。至于上述那一番用于电视播出的表演,完全可以放到病房外头去做。

深深的伤害

两个家庭，本来是毫不相干的。

相干的是，十年前两个家庭的女人恰好在同一家医院分娩，两位母亲于同一日各诞下一个女婴。这也不过是一次小小相遇，母子平安，各自出院，也就又不相干了。

两家的夫妇都爱孩子，两家的小孩都长势喜人，一样的健康，一样的活泼，一样的品学兼优。可是事情突生变故。

让我们简化中间繁复的过程——

其中一个家庭发现孩子与自己没有血缘关系，追根究底，四处寻访，终于找到另一个家庭。原来十年前，医院将他们双方的孩子掉错了。

天哪，十年来屎一把尿一把，付出心血，付出疼爱的，竟然不是自己的亲骨肉！自己的亲骨肉，却在叫毫不相干的人爸爸妈妈！这让他们怎么受得了。他们将医院告了。

他们在诉状中说：两个原本幸福的家庭被蒙上了阴影，两对夫妇的感情受到了深深的伤害，对两个孩子造成的身心损害更是不可估量……

当然，言之有理。

他们要求被告赔偿十年来的抚养费、教育费等等——意思是，他们养的是别人家的孩子,不等于白养吗?

想想,也有理。

因为此案涉及未成年人,法院决定不公开审理,并拒绝记者采访。没想到两个十岁女孩在开庭前突然出现,并开口要求公开审理。法院只得采纳了孩子的要求。

这样我们便看到了如下的情景:

法庭内,气氛紧张,受到深深的伤害的父亲们义愤填膺,受到深深的伤害的母亲们欲哭无泪……

庭审现场外,两个同年同月同日生的,个头一般高的女孩儿手拉着手,说着笑着,她们已经成了好朋友……

她们对关心她们的大人说:真好啊,我们都有了两个爸爸、两个妈妈,最棒的是,还多了一个姐妹,以后我们可以经常在一起玩了。

此时,庭审的结果已不重要,重要的是孩子们并未如父母们说的,受到"深深的伤害",因为她们的单纯。

单纯一定会使人受到更深的伤害吗? 否,单纯也能保护心灵不受伤害。

新时期的好男人

我感动,因为这些男人。

深情的音乐中,柔婉的灯光里,他们走上台来,被主持人一一介绍给电视观众——

其一,他的妻子于十多年前患了再生障碍性贫血,十多年里他给予妻子无微不至的关怀,使妻子从死神手里挣脱出来,他曾六天六夜不眠不休为妻子找药,他曾大街小巷四处奔波只为买到妻子想吃的食物……

其二,他如今55岁了,他结婚仅一年,妻子就患多发性硬化症,后来发展到不能下地,25年来他承担了所有家务,还养花做盆景美化家庭环境,即使在参赛现场也不忘推着妻子上厕所……

其三,这个30岁的男人是现场十个男人中唯一没有带妻子同来的,上个月,他刚刚痛失患白血病的爱妻,他在现场为逝去的妻子献歌,演唱时数度哽咽失声,无比哀恸……

还有,还有,这里不一一讲述了。

我为之感动,人间真情感天动地,这我已经表过态了。

让我无法完全认同的是,这是三八妇女节前后的一次"好男人"大赛的总决赛,刚才举例的三位都是总决赛的参赛者,刚才提及的第一位便是大奖得主。来自现场的报道说,这次大赛给全社会提供了一个新时期好男人的评判标准。

该不是说,新时期好男人都是些不幸的男人吧?

或者该不是说,新时期好男人的老婆都是不幸的女人,新时期好男人都是以老婆不幸为前提的吧?

且慢,我知道我的说法已经站不住脚了。所有相关报道大概都少不了这么一个过渡句:她是不幸的,她也是幸运的。

这话对,摊着这样的有责任感的好丈夫,她们的确是幸运的。但是无论怎么说,这些身患绝症的女人,总没有那些健康美丽的、事业有成的女人更为幸运吧?

健康美丽的、事业有成的、更为幸运的女人们,她们的男人为什么不能成为新时期好男人的代表人物呢?

莫非新时期的好男人,只能是对弱女子而言?

记起一个男人曾对他那聪明能干美丽绝伦的老婆说的话:我最大的心愿是你现在就得绝症。那老婆是我的同事,当时我俩刚被一家报社聘用。她听后吃惊地问为什么。他说:这样,你才能明白我是多么地爱你!我将尽我后半辈子的全力来照顾你伺候你。相信他说的是肺腑之言。他们后来离异了,这个男人果然没有能力爱他那聪明能干美丽绝伦的、又没得绝症的老婆。在他说出那句肺腑之言时,他对婚姻已经是很不自信的了。

与那些新时期好男人的老婆相比,优秀而健康的女子是幸运的,又是不幸的。

因此这篇来自三八节的报道,让过节的女人倍感辛酸。

远方有多远？

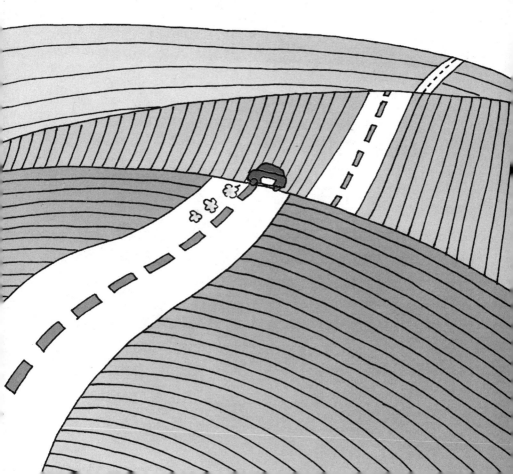

远方有多远

远方有多远？

乘飞机到航线的尽头，转火车到铁轨的尽头，换汽车到公路的尽头，搭马车到林子的深处——算不算远？

我以为那就是远方，她说不是。

她用明子引燃柴火，烧热大炕，从棚架上摘豆角，从柴垛上采猴头，熬一锅大碴子粥，蒸一个粉栗般的面瓜，当然没忘了介绍，茅楼的使用方法。

于是，在白桦林深处，一个叫独木河的小村庄，一个道地的东北婆娘，坐在热炕上，与我们唠嗑，用杭州话。

20多年前，一群杭州学生乘了许多个白天和黑夜的车，来到这地方。

如果说这就是远方，那么，她16岁就到了远方。

如果说与她同去的男孩女孩都清清楚楚地知道远方有多远，那么，只有她不知道。

要是她知道，她怎会在他们一个一个相继离去之前，义无反顾地爱上了一个独木河的小伙子，尽管他是最优秀的。

其实在当时,她也是最优秀的。在杭州去的学生中,她最先适应了东北的黑土地,黑土地也最先亲近了她。

当地的记者,把最优秀的西子姑娘与最优秀的独木河小伙的照片登在了报上。

她最终没有离开独木河并不是为了这帧照片。当滚滚的返城大潮如春天乌苏里江的冰排般势不可挡时,走,无需理由,结婚的可以离了婚走,有孩子的可以扔下孩子走,一切都顺理成章,都可以被别人和自己原谅。更何况,当时她还并没有成为独木河的媳妇。

留,却需要理由,几乎所有的人,尤其是爱她的人都一再追问她:为什么,为什么不回家?

她说:我已经答应了他。

答应算什么?

答应就是一切。

所以后来独木河人送她上师范,条件是毕业后必须回去教独木河的孩子,她也一口答应。

她把希望播在黑土地,黑土地以特有的慷慨回答她。

黑土地赐予她一个红高粱般挺拔的汉子,黑土地又赐予她一个冰雪聪明的儿子,黑土地上所有熟识她的人都尊称她一声老师,黑土地盛情款待所有来自她家乡的人,无一例外地叫他们醉。

当后来与儿子一同看电视剧《孽债》时,她暗自庆幸自己当初的选择——在总要失去什么的当口,她留下了最珍贵的。

她替自己留下了最珍贵的,她自己也因此成为东北乡亲心中最珍爱的人之一。直到30年后的今天,独木河人仍像当初那样宠爱她,在他们看来,她永远是那个来自西子湖畔的秀美的小姑娘。

当她的独生儿子考上杭州大学,她与她的东北汉子到车站为儿子送行,想象得出那情景吗? 当车轮滚动时,唏嘘流泪的是他,微笑道别的是她。

他流泪,是因为他这一送就把儿子送到了遥不可及的远方。

她微笑,因为她知道哪儿都是自己的家。

心无着落时,总想将它放牧到远方。

着陆的心,地角天涯,总在近旁。

归期遥遥

有朋友告诉我,外婆的老家,终于寻着了。那是一座飞檐翘角、雕梁画栋、曾经显赫一时的古宅,30 年前还当过公社的粮仓。而如今,古宅所在的小山村集体搬迁,只剩一对管山林的老夫妇住着。朋友全家在那四面漏风的宅子里住了一宿,半夜,她那上小学六年级的儿子突然起身梦游,把她吓得魂飞魄散。

老宅地处僻静山区,交通非常不便,才得以保存至今。但朋友说:你想得到吗? 我外婆的娘,也就是太外婆,竟然是从更加幽深的山谷里嫁出来的,而如此深山老林里出来的女儿,竟然知书达理,符合大户人家的择媳标准,这就奇了。

为了叙述的明晰,以下我改变称谓,从清朝年间的第一代女孩说起。

第一代女孩出身于繁华都市杭州,一富庶人家,美丽聪颖,有许多美好向往,包括爱情。14 岁那年,她的父亲出门做生意遇匪,被绑票到云深不知处的地方。本以为在劫难逃,却幸遇好汉相救。千恩万谢之后,竟然将女儿许配给了好汉,给了深山。

女孩远嫁时哭成泪人。但那个年代是不准违拗父命的。父亲知道女儿的脾性,严厉地说:嫁鸡随鸡,嫁狗随狗,无论如何,不许回来。

　　这一嫁，第一代女孩真的就没再走出大山一步。她全心全意与山里人过了一辈子，但她执拗地把自己的女儿调教得知书达理，把自己的全部理想灌输给了女儿。然后，把女儿嫁到了山外的一个村落，也就是刚才提及的古宅。做了这件事后，她心安理得地终老深山。

　　嫁到古宅的是第二代女孩。她与她的母亲一样，全心全意在古宅过了一辈子，没有离开一步，惟一成就的事业，是把女儿调教得知书达理，并把她嫁到了县城的一户书香人家。

　　嫁到县城的应该是第三代女孩了。于是第四代女孩就在县城出生，长大，读书，工作，恋爱，并随夫婿来到杭州定居。然后第五代女孩在杭州出世——如你所知，她就是我的朋友。

　　历经五代人，她——清朝年间一个远嫁的女孩儿，终于回家。

　　朋友说，你听说过比这更遥远的回家的路吗？一个旧时女子，她对命运安排的不甘，只能通过如此的方式来抗争，用一代又一代女儿的婚姻来作跳板。

　　而且，归期遥遥，竟然得以顺利抵达。这真是一个奇迹，信念的奇迹。

共有名字

　　谁都知道信是很私人化的东西,拆人信件是违法的。但在土耳其一个地处偏远的小村庄里,通信机密是无论如何也得不到保护的,原来该村几十户人家的家长,全部取了同一个名字。因此从外地发往该村的信件,信封上看起来完全一模一样。为了准确送达,尽责的邮递员只好将全村人都召集到广场上,当众拆开封口,大声念信:

　　"亲爱的某某:您好!"——"好!"全村人齐声应答。

　　"好久不见了,很想念你们全家人。"——"哦。"又是一片响应。

　　"告诉你一个好消息……"——大家都欢呼雀跃。

　　"太太分娩了,这回是个男孩。"——有人喊:别念了,别念了,是我的信。

　　或者,"告诉你一个不幸的消息……"——大家都屏住了呼吸。

　　或者,信写得非常有趣。尽管已知收信人,大家还是要求:念下去,念下去,谁是信主还没一定呢。

　　共有名字给村人添了不少麻烦,但也多了共同的乐趣,还有彼此间的同情与关怀,因为一个人的事就像大家的事一样,一个人的喜事大家开心,一个人的不幸众人忧心。所以很多年来他们都不曾改变这一习惯。

有人奇怪,为什么当人出了国门,爱国心就变得格外地强烈了？大概也和共有名字有关吧。在自己国土上,各人有各人的名字,出了国门,就共有名字了。遇人介绍自己先说：我是中国人。

共有名字意味着共享一切,悲喜、哀乐、福患、荣辱,一切都共享了。

古老词汇的复活

讲两个人,分别生活在一南一北的两座大城市。

素不相识,毫不相干地,过去了许多年。

两人各有一个儿子,都刚满十岁。

南人喜好养鸽子,在某一个纪念日,参加了所在城市举办的放飞信鸽活动。

那天他特意带着儿子,来到车站,一路上儿子将鸽子捧在怀里,当双方的身体刚刚相互温热的时候,出发的哨声响了,鸽子被领队装上一列北上的火车。看着火车渐行渐远,儿子一下子愣愣的。他安慰说:

——放心,它很守信用,它会回来的。

——它怎么回来?

——它飞回来。

——它不会迷路吗? 不会遇到雷阵雨吗? 不会挨猎人的子弹吗?

儿子天天都在盼望,可是同时出发的鸽子都回来了,他家的鸽子,还没有回来。

他也着急,但还是对儿子说:

——耐心些,它会回来的。

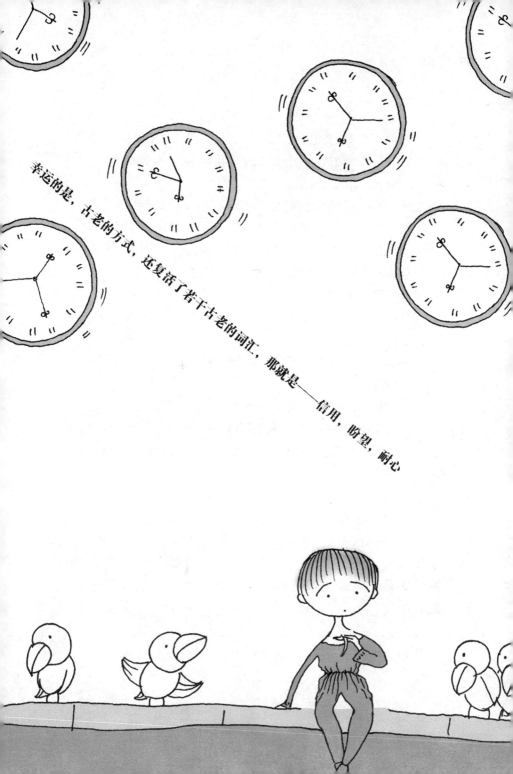

幸运的是，古老的方式，还复活了若干古老的词汇，那就是——信用，盼望，耐心

后来他一直认为自己的运气真好,因为在某一个早晨,鸽子真的回来了。这已是事情过去好几个月,父子俩几乎不抱希望的时候。

鸽子的脚上,多了一封信。

信说,鸽子在北方城市遇雨,羽毛被淋湿了,不知遭遇了什么,还受了伤。总之它飞不动了,歇在一户人家的阳台上。那户人家恰好也有一对父子,那家的男孩刚好也是十岁。他们收养了它,为它疗好了伤,然后让它飞回自己的家。信的末尾,留有一个电话号码。

这个故事平淡无奇,惟一巧合的是,两个男孩与父亲的对话。

南方的父子不知道,在他们欣喜地读信的时候,北方的父亲也正安慰儿子:

——放心,它一回家,它的主人就会来电话的。

——它的家在哪儿?

——它的家,我们不知道,它知道的。

——它不会迷路吗? 不会遇到雷阵雨吗? 不会挨猎人的子弹吗?

儿子天天都在盼望,可是日子一天一天过去,电话铃声还没有响起来。

他也着急,但还是对儿子说:

——耐心些,它一定会回家的。也许它的家,很远。

结果很美好,南北两家成了亲密的朋友。在通讯极其便捷的今天,他们的友情,却是通过最古老的方式来传递的。对两个十岁孩子来说,最幸运的是,古老的方式,还复活了若干古老的词汇,那就是——信用,盼望,耐心。

目光所及的地方

在西藏,人手一只的相机中,数我的最破。他们都能将目光所及的好风景轻易地拉近,再拉近,直到装进镜头带回家去;我没法将风景拉近,惟一的办法就是把我自己拉向它,向它靠近,再靠近,直到走进我目光所及的地方去。

在我所居住的城市,走到目光所及的地方是一件方便的事。我家住18幢,离隔窗相望的17幢只15米远。上班,出家门就见那幢二十几层高的大楼,骑自行车15分钟就到。

可是在西藏,走到目光所及的地方,几乎就是一个梦想。多年以前我坐长途汽车过青藏公路,沿途那些青绿的草坡地毯似地从路边一直铺展向天边,衔接着金光耀眼的雪山,晶亮的水就从那儿蜿蜒地流出,濡湿了整个天地。牛羊、牧人、经幡,蓝天下的一切清晰可见,但一切都遥不可及。

所以这次的际遇不免叫人喜出望外。在藏北羌塘高原,一辆军用吉普离开公路,在无路的草坡上绕过动物的白色尸骸,把我们一干人载向草原深处,依着一泓水,支起了帐篷,网鱼,打靶,摄影,笑,闹。

来到西藏我就离开了沿海的灯红酒绿,来到那曲我就离开了拉萨的珠光宝气,来到草地我就离开了公路的车痕人迹,现在终于可以走向我目光所及的地方了吗——离开人群。

海拔 4500 米,我走得很慢,向着高处一步一步地走去。那坡度远看是舒缓而流畅的线条,走近起伏如博大而坦荡的呼吸。脚踩在柔软的草上,没有印迹。高原不长树,走过的路没有标记。人声静了,鹰在头顶转圈。山顶半融的雪,被阳光写成一个个金色的符咒。这样地走,不会回头,如有神明召唤——离开自己。

谁又真能离开自己?哪怕是走到如有神明召唤的天边。当一弯铭刻经文的羊角进入视线,贪婪之心立即滋生。它拙朴而美丽,远胜于八角街的。弯腰捡在手上,抬头又见许多。为同伴捡,一人一个。太重了,拿不动,换成小的。心满意足地直起身,那一刻我的惊骇无可名状。

天知道她和它们是什么时候出现在那儿的——

在与天相接的地方,一个藏女和一群羊站成一条线。山坡上,那条弧形的线拉得那么长,仿佛天罗地网。齐齐地,静静地,他们全都看着我。对峙了一会儿,我手中的羊角无声滑落。

我朝着他们走了几步,藏女和羊随即消失在我目光所及的地方。这才明白,我将永远到不了我目光所及的地方,即使是在西藏。

两手空空

跟着一个什么名目的考察团,一个一个地县地走,参观,学习。

人家很好客,每到一处,都要送一份产品留念。衬衫厂送衬衫,台灯厂送台灯,鞋厂送鞋,酒厂送酒……不几日,一行人,个个手上都是七包八包,大包小包,一队人马,蔚为壮观。

有人看到我却是两手空空,很是奇怪。问你没拿到吗?他们把你漏了吗?我说拿到的。那你的东西呢?我说这些东西家里都不缺,不想要,就转送给别人了。问的人好奇起来了,说你这人真难待,送你什么东西你才会要呢?我说我并不是嫌东西不好,只是我想要的是,两手空空。

我喜欢两手空空,随时可以拿自己最想要的东西。

周末快下班时,同事问我双休日有什么计划,准备到哪里去。想了想,我说没有,没有必须要完成的家务,没有必须做出来星期一要交的稿件,没有必须要参见或接待的人,没有必须要参加的社交活动。想到这,心里真开心。

我喜欢双休日安排空空,可以做突发奇想的事情,也可以什么都不做,可以接到一个突如其来的朋友的电话,撂下就出门。

我喜欢没有麻烦事情需要筹划、盘算,喜欢没有利害问题需要商讨、较劲,喜欢没有任何心事横搁着挥之不去,喜欢没有什么数字密码需要牢牢铭记,我喜欢心也空空,这样的时候,我比较容易被感动。

皱纹与垄沟

那位顾客是个美人,而且,还相当年轻,30刚刚出头。

这就难怪她会如此地紧张。她将她那白色的跑车开得飞一样,等来到了美容院,躺在了美容椅上,仍然惊魂未定。

她忿忿地说:他们给我做坏了,做坏了,你看,他们给我做出了一条皱纹,一条皱纹!

她又切切地说:你们一定要帮我把皱纹去掉,行吗? 行不行? 不行就早说,我换地方。

年轻的美容师、几个20多岁的女孩都被吓住,只得由她们的师傅出场了。

师傅在这座城市颇有名气,其实皱纹美人,也就是冲着师傅的名气来的。

师傅不慌不忙,轻柔的按摩,伴着轻柔的谈话。师傅天生一双软和的手,40多岁了依然软和;师傅天生一颗软玉的心,温润而有骨。

师傅对美人说:这条皱纹,今天不能去掉,明天也不能去掉,因为今天去了明天它还会来的,去得快,来得也快;这样吧,咱们给它一个星期,保证去掉。

一个星期,师傅的保证兑现,皱纹真的去掉了。

美人开颜。师傅说:知道吗? 心里长一条皱纹,脸上才长一条皱纹。我把你心里的皱纹去掉,脸上的皱纹自然没了。

这是我在采访一位资深美容师时,她讲述给我听的。我觉得颇有哲理,但也有点夸张,我甚至觉得这不过是她的广告词而已。

我质疑:照你说,只要心里不长皱纹,脸上就永远光洁如玉? 那怎么解释人会老? 人老了,总是有皱纹的呀?

我无法不承认她答得十分精彩:

——我说的是心里长一条皱纹,脸上才长一条皱纹。

——可脸上有皱纹,心里不一定就有皱纹,那可能是岁月的垄沟,春去秋来,播了种,出了青苗,开了花。当她脸上有了皱纹,她的心里,已是一片花海了。

我和一座城

从来没有这样——我单独地面对一座城。

它与我的时空距离是那么遥远,但此刻我正走在它空无一人的街道上,仰视两旁高大的建筑,甚至,伸手可触那些厚实的墙。

街上没有小贩的声声叫卖,那么,楼窗口当然也不会有探脸张望的美丽妇人了。楼上没有美丽妇人,当然也不会有欢闹的孩子和酿造喜怒哀乐的家了。

孩子都被集中在一个地方,似乎有几百个,他们静静的,不哭也不笑,他们已经死了。

孩子的死因很离奇,天灾还是人祸?没人告诉我。我只留意到他们的埋葬地点,是在曾经壁垒森严的官署的围墙附近。

官署的门现在是洞开着的了,没有任何人要我出示证件就可以大摇大摆地走进去。可我仍无法查证,是谁在此下达了杀戮孩子的命令?杀戮的目的,是出于对不可知的上苍的献媚,还是为了逃避将要临头的惩罚?不管出于什么目的,总之是为了保全成人的利益吧。

可惜此刻我找不到一个证人,无论是手染鲜血的行刑者还是悲痛欲绝的母亲。

终于我在一口水井边发现了母亲,她来过这儿——她的纤细白皙的手交替拉动井绳,许久,一桶清冽的水浮出井口,那井是多么深啊,以致井壁被井绳摩擦出了道道凹槽。

她也曾嫌这井还不够深吧,那是她做女孩儿的时光。月光光的夜晚,她告诉妈妈要提水洗脸,借此在井边等她的心上人。一桶水早提上来了,心上人还不来,情比井深。

这些深情的女人天生都是苦命的,她们的孩子被殉葬,她们的男人永远在征战,生离死别是她们一生反复上演的节目。

城里那些难以数清的小城堡,看上去都坚不可摧。我在一条最幽深的巷道内,好不容易才找到一座小城堡的隐秘的门。这座城为战争而生,而灭。身处要塞,注定它不得安生,注定它要上演最悲壮和最凄美的故事。可惜的是,故事的最后一个亲历者也早已闭上了嘴。

然而那一切仍在城市的空气中游荡,游荡着的绝望与希望也自有它妥善的驻留地。走上一处空阔的台阶,见前庭后殿,左右厢房,气势非凡,只是佛像不在了,精美的壁画荡然无存。这座城里的人没了,连神也没有了,惟有散不开的虔诚,在继续供奉着这座全城最宏伟的寺庙。

无法不惊叹这奇迹。他们是一代又一代,在这个由两条河交流切割而成的形如柳叶的高耸土台上雕刻出这座城的。他们向下依次掏挖出民居、街道、城门……他们生存的处所;然后掏挖墓穴,他们死亡的栖居。

他们曾剑拔弩张,你争我夺,不惜死伤无数,却为何,最后一个得胜者自动离弃了它? 是因为他们都敌不过上苍吧。

那么最后离开家园的那人是谁? 或者说,当大队人马走远后又重新折回来的那人是谁? 是一位长者还是一位妇人? 他挖开祖墓,携带上几片先人的尸骨,回望空城一眼,泪如雨下。

在那人挥泪离去的许多年之后,我单独面对了这座城。

在那人挥泪离去的许多年之后，
我单独面对了这座城

我和这座城,时间距离,两千年,空间距离,两千公里。

它消失了,却分明还在;我存在着,但转眼会消失。

惟有此刻我和它信息相通,我和它——交河故城。

台湾印象

回来，人家问我对台湾的印象。

我说我喜欢。

喜欢什么？

喜欢午后艳阳里，车行于紧贴海岸的西部公路上：我的左边是矮的芒果林、高的椰子树和槟榔树，右边是碧蓝的、说了那么久的台湾海峡，我的后座有同伴的轻微酣声，前座有导游与司机以台语絮絮对白，后视镜里，我看到司机无休无止、满口鲜红地嚼着槟榔。

喜欢以 188 公里长度盘桓至海拔 3275 米高度、带我从西海岸来到东海岸的东西横贯公路：奇崛，险绝，从冻顶寒色穿破云岚直接降落于东太平洋沿岸，这是大陆老兵余生的沥血杰作。

喜欢南部港口高雄的城市路名：一心路、二圣路、三多路、四维路、五福路、六合路、七贤路、八德路、九如路、十全路。依次排列，一清二楚，如此地善待外来人，如此的中国传统文化。

喜欢中部的埔里小城炫耀他们与浙江绍兴的绵长渊源和亲密关系：满城里招摇着红红黄黄的"绍兴黄酒"、"绍兴腐乳"、"绍兴凤爪"、"绍兴米糕"的酒帘……尝一尝，味道还蛮正宗的，连喝过"绍兴黄酒"之后的醉态也差仿不多的。

喜欢走在台北最繁华的忠孝东路上,哼唱我十年前听过的、已经好久不曾想起的童安格的歌:"走在忠孝东路,闪躲在人群中……让生命去等候,等候下一个伤口,让生命去等候,等候下一个漂流……"顺便让生命等候一个又一个红绿灯的恩准,台北塞车蛮正常的,忠孝东路尤甚。

喜欢于深夜独自乘坐"捷运"(地下铁)穿过半个台北,去造访我曾在杭州有一面之交的同行:我和她,在她所供职的报馆的咖啡吧里相对而坐,她说她看到的岳王庙、苏公堤,我说我看到的日月潭、阿里山,直到我们熟悉的报纸开印的声音富有节奏感地响起。

喜欢台湾友人赠我的礼物,就像她们喜欢我带去的杭州王星记扇子。她们的所赠为:台湾风光摄影明信片、如景德镇陶一样有名的台湾交趾陶艺术品、根据我的脸型她们自行打造的式样另类的珊瑚耳环……

喜欢台北"捷运"自动售票机里掉出来的磁卡单程车票,它用了幾米《地下铁》里的缤纷图画。

喜欢每晚电视里一小时独角戏的《李敖大哥大》节目,赞赏他谈论时势与世事时直言不讳的精神。

喜欢同样直言不讳的台北计程车司机的回答,当我问及车内为何不装隔离栏时他反问道:为什么要装?美国才要装呢。

喜欢所有这些相加的台湾。

岁月的智力游戏

20 年前曾非常亲密的一片土地,20 年前曾朝夕厮混的一群人,20 年后的今天我故地重行。

当年的小孩已是成人,少女已是母亲,当年的风云人物而今已成老朽,而今天最鲜活水灵的一拨人,那时没有他们。却一无例外,所有的人都让我猜一猜——他是谁?

这是岁月给我出的一道智力游戏题,用一刹那,来演绎 20 年,时间键,快进。

时间把当初最漂亮的那张脸风蚀了,但她脆亮的嗓音没变;时间使"铁算盘"脑瓜散了架,他已年老痴呆,而他妻子的勤快贤淑没变;时间使窈窕妇人变得粗壮如牛,却活生生复制出她的女儿,让昔日情景再现……岁月老谋深算,却不免露出蛛丝马迹。岁月的智力游戏,说难也易。

做过了所有的题,正要歇口气,忽然记起:阿芳呢? 她在哪里?

她跟人走了。

走了? 去了哪里?

去了我们不知道的地方。

于是阿芳——当年我最好的朋友——与全村人的距离倏然拉开。他们与我一同走到了今天,她却没来。间隔20年,她如今怎样? 我绞尽脑汁也想不出来。岁月的智力题,说易又难。

岁月就这样难住了我,阿芳就这样难住了岁月,在我的脑子里,她青春美丽如昔。